不负少年时

我的求学生涯

许渊冲 著

天津出版传媒集团
百花文艺出版社

图书在版编目（CIP）数据

不负少年时 : 我的求学生涯 / 许渊冲著. -- 天津 : 百花文艺出版社, 2021.3
ISBN 978-7-5306-7767-4

Ⅰ. ①不… Ⅱ. ①许… Ⅲ. ①散文集-中国-当代 Ⅳ. ①I267

中国版本图书馆 CIP 数据核字(2019)第 270325 号

不负少年时:我的求学生涯
BU FU SHAONIAN SHI:WO DE QIUXUE SHENGYA
许渊冲 著

出 版 人: 薛印胜
责任编辑: 赵世鑫 **装帧设计:** 任 彦
出版发行: 百花文艺出版社
地址: 天津市和平区西康路 35 号 **邮编:** 300051
电话传真: +86-22-23332651（发行部）
+86-22-23332656（总编室）
+86-22-23332478（邮购部）
网址: http://www.baihuawenyi.com
印刷: 山东临沂新华印刷物流集团有限责任公司
开本: 787×1092 毫米 1/32
字数: 160 千字
印张: 8.5
版次: 2021 年 3 月第 1 版
印次: 2021 年 3 月第 1 次印刷
定价: 48.00元

如有印装质量问题,请与山东临沂新华印刷物流集团有限责任公司联系调换
地址:山东省临沂市高新技术产业开发区新华路 1 号
电话:（0539）2925659
邮编:276017

2010 年
摄于北京海淀家中

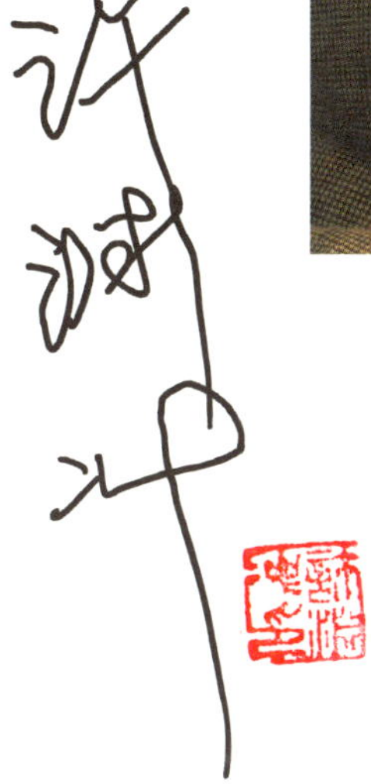

1949 年
摄于法国香榭丽舍大道

目　录

联大往事

译坛逐梦

附:著译评年表

序 曲

重现的时光远比当初的一切有意味。只有认真生活过的人,才有值得回忆的一生。回忆是另一种生活。没有值得回忆的人生,是失败的人生。而美好的,哪怕是痛苦的回忆,则保证了一个人照样活上两辈子。如果回忆变成了一部书,那就是永恒的回忆。

——普鲁斯特

我这一生最值得回忆的第一件事,大约是我出生时震天动地的哭声。那时,恰巧父亲有一个会算命的朋友到家里来,根据生辰八字给我算了一个命,就对父亲说:"这个孩子命大。"

我怎么命大呢?

我小学时羡慕过的第一名是神童熊传诏。他比我高一年级，作文中有一句“行人如织”，得到全校大会表扬。升中学后，国文老师看见他在教室外面玩耍，问他书背熟了没有。他没有背，却说是背熟了，然后临时抱佛脚读了两遍，背书时居然一字不错。他能诗善画，画了一张水边楼台，几只帆船，水中还有楼台倒影，说这是“颠倒画”。他还在画上题了四句诗：“岸柳含烟晓，残月落天高。宦游悲远梦，帆归待涨潮。”这倒过来念是：“晓烟含柳岸，高天落月残。梦远悲游宦，潮涨待归帆。”是一首回文诗，可见他的才思工巧。我的小学、中学同班涂茀生说他：“翩翩少年，仪容俊伟，磊落潇洒，是我们低班小子的楷模偶像。”他在中学毕业之后，考取了清华大学外文系，因为家境困难没有升学，只在中学教书。1957 年他不知怎么给打成了“右派”，从此潦倒一生。涂茀生说：“以他的聪明才智，博闻强记，本可能成为陈寅恪型的大学者，但因遭遇时艰，以致落拓坎坷，不能不为他的才智叹息，也为时代叹息！”比起熊传诏来，我真可以算是命大的了。

我考取第二中学后，在初一时，羡慕过熊传诏的同班，跑百米、二百米的第一名涂曰谦。记得四百米决赛时，一马当先的是高人一头的程应镠，涂曰谦只跑第二，使我大失所望；不料到最后五十米时，涂曰谦大力冲刺，居然超过了程应镠，使我又惊又喜，仿佛自己成了“起跑虽居第二位，成绩须达最高峰”的英雄似的。那时我梦寐以求的，就是穿上涂曰谦一样的有“二中”字样的运动背心和米黄色的方格短裤。但我年纪太小，个子太低，做运动员的梦想很难实现。刚好那时大表姐从美国寄来了奥运会的邮票，票面上有一个体型完美的铁饼运动员，于是我就移情于邮票了。当时一同集邮的涂茀生写了一首咏邮票的诗：

玲珑艳丽小华笺，入眼缤纷别有天。
百代英雄齐入彀，五洲动植竞争妍。
四方戚友传鱼雁，万国风光等闲廛。
史迹新闻留纪念，怡情益智乐陶然。

这样，我就从追求阳刚之美转向柔和之美了。对茀生说来，集邮是怡情益智的好事，所以初中毕业时，他的考试成绩很好，免考升入高中。对我而言，集邮却成了玩物丧志、冥思幻游的乐趣，结果学习成绩平平，需要重考才能升入高中。

到了高一，熊一奇老师讲几何学。熊老师讲得形象生动，活灵活现；涂茀生听得印象深刻，考试分数全班最高；我却听得神游“九度空间”，结果考不及格，几乎升不了班。高一下学期去西山受集中军事训练三个月，学习成绩好的学生多半被迫参加国民党复兴社，我却因为成绩平平，反倒免了此难，真是塞翁失马，焉知祸福了。西山归来之后，茀生填了一首《如梦令》词：

三月韶光空溜，皮为骄阳炙皱。

操罢倦归来，苦汗侵衣欲透。

胡闹，胡闹！父母惊余黑瘦。

但是他对国民党反感，后来被打成“右派”，真是左右不讨好了。

我的学习成绩不如涂茀生，更不如熊传诏，却比熊晚一年考取了清华大学外文系。那年日本侵略华北，占领北平（就是今天的北京），清华和北大、南开一同迁到云南昆明，组成西南联合大学。从沦陷区到大后方来的学生，不但不交学费，还由国家发给贷金，交付每月膳费。就这样，我的家境虽然不比熊家好多少，却到昆明升入了联大。大学一年级时，我和后来得到诺贝尔物理奖的杨振宁同班上英文，又在“文化昆仑”钱锺书教授班上听课。我从杨振宁那里学到的，是在同中见异的敏锐目光，从现象出发建立理论的过硬本领，用简明公式表达思想的精确方法。在钱先生那里看到的，是见人所不能见的慧眼，说人所说不出的妙语，过目不忘，打通古今中外的才智。杨振宁的治学方法虽然可以学到，但他取得的突出成绩，却是难以企及的。钱先生的业绩也许可以追踪，但他那过人的智慧，却是难以望其项背的。

我追随钱先生之后，去了英法两国，学了两种语言，本来以为回国之后，可以尽其所能，得其所值，不料那时用人的标准是德才兼备，而女子无才便是德，也可适用于男子，于是有德便成了无才的保护伞，有才却成了无德的同义词。其实，所谓的“德”只是唯唯诺诺，上面说一，下面决不说二，不敢说真话，不敢发表不同的意见而已。知识分子经过小会批判、大会斗争，头上棱角早已磨光，尾巴不再翘起，这样日积月累，习惯成了自然，只会唯命是听，不说半个“不”字，甚至连是非对错观念都没有了。这样难得糊涂也好，可以苟全性命于乱世；等到国家建设需要人才，又可东山再起。不料有德无才之士，哪里容得下真才实学，就说大家都是半斤八两，谁也不许出人头地。于是武大郎一直坐天下，不许人比他高。当“翻译腔”和分行散文在外文界盛行的时候，钱先生第一个说我以诗译诗，好比戴着音韵和节奏的镣铐跳舞，灵活自如，令人惊奇。杨振宁更为我的回忆录写了英文序言，说我译诗用韵，是使不可能成为可能。在这种情况下，我成了“诗译英法唯一人”。说是命大，有何不可？

少年读书

童年时代的雪泥鸿爪

Children are our immortality.(Santayana)
孩子是我们的永生。(山塔雅那)

1921年4月18日，我出生于江西南昌。在中国历史上,江西早以"人杰地灵"闻名。唐宋八大家中,欧阳修、曾巩、王安石三大家都是江西人。南昌是江西的省会,有帝王将相遗留的文化古迹。如唐太宗的弟弟滕王李元婴任都督时修建了俯览赣江的滕王阁。公元675年闫都督在阁上大宴宾客,初唐四杰之一的王勃写了一首流传千古的《滕王阁诗》:

滕王高阁临江渚,佩玉鸣鸾罢歌舞。
画栋朝飞南浦云,珠帘暮卷西山雨。
闲云潭影日悠悠,物换星移几度秋。

阁中帝子今何在？槛外长江空自流。

王勃写完诗就走了，最后一句空了一个字，都督和宾客百思不得其解，议论纷纷，最后只好快马加鞭，把王勃请回来。他大笔一挥，加了一个“空”字，就成了“槛外长江空自流”。

唐朝灭亡之后，南唐中主李璟（916—961）迁都洪州（今南昌），遗迹在皇殿侧二中新址。后主李煜向宋太祖投降，被俘到汴京（今开封），写了一些怀念故国的诗词，如著名的《虞美人》：

春花秋月何时了，往事知多少？
小楼昨夜又东风，故国不堪回首月明中！
雕栏玉砌应犹在，只是朱颜改。
问君能有几多愁？恰似一江春水向东流！

如今，唐朝滕王阁的“画栋”“珠帘”，南唐故国的“雕栏玉砌”，早已不知何处去，剩下的只是西山烟雨、东湖云影，还有“一江春水向东流”了。

南昌实验小学在离东湖不远的樟树下。1926年秋天，我去实小参加入学考试。因为考试的字我都认得，所以跳了一级，进入一年级下学期。

参加开学典礼时，新生要向孔子画像行三鞠躬礼。但不久之后，孙中山的遗像就代替了孔子，因为国民党和共产党合作的北伐取得了胜利，而北伐军的总司令是蒋介石。我还记得10月10日夜晚举行庆祝胜利的游行，群众提着灯笼，口唱革命歌曲：

打倒列强，除军阀！
国民革命成功，齐欢唱！

从此以后，小学教科书中就开始讲孙中山的事迹和学说。

记得二年级学过孙中山的"行易知难说"，又听过他任大总统时没有带出入证，门卫不许他进总统府的故事。这可以从平凡中看出伟大。但我当时并不理解，只会羡慕电影中北伐英雄的马上雄姿。

《国语》教科书中有司马光和曹冲小时候的故事。有个小孩掉进大水缸里要淹死了，司马光用石头打破缸放掉水，救了孩子的命。曹操不知道大象的重量，他的儿子曹冲就把大象放到空船上，画下水线；再要大象上岸，又把石头堆到船上，船下沉到水线上，再称石头，就知道大象有多重了。这两个故事似乎说明了"行易知难"的学说。

教科书中还有一个李白的故事，说李白问一个老妇为什么磨铁杵，老妇人答道："只要功夫深，铁杵磨成针。"这个寓言似乎就不能说明"行易知难"了。

还有一个庄子和惠子观鱼的故事。庄子说："鱼在水中游来游去,多么快活！”惠子说:“你不是鱼,怎么知道鱼快活呢？”庄子反问道:“你不是我,怎能知道我不知道鱼快活呢？”从惠子的观点看来,是“行易知难”的;但从庄子的观点来看,只要将心比心,却不一定难了。

总而言之,“行易知难”的学说使我认为智力劳动高于体力劳动。小学二年级的体力劳动是打扫教室卫生,教室土地高低不平,土内还有杂质,孩子很难打扫干净,这使我从小害怕体力劳动。

上国语课时,李祖岑老师问:“伴侣的‘侣’字怎样写？”全班学生都答不出,只有我在黑板上写对了,老师说我是“好学生”,这是我第一次在学校里得到表扬。但有一个力气大的同学不服气,借口我打扫教室不干净,把我打了一顿,这是我第一次挨打,使我觉得“好学生”还不如力气大好。

乡下大伯给我们讲故事,说唐太宗东征时被围,高叫:“有人救得李世民,你做君来我做臣。有人救得唐天子,万里江山平半分！”结果薛仁贵骑白马,手拿方天画戟,保驾杀出重围,使我觉得力气大的薛仁贵真是英雄;皇帝并没有什么了不起,“金口玉言”说了也不算数,薛仁贵救了他的命,并没有分到五千里山河,反被借故打入天牢。这是我小时候对帝王的看法。

听京剧唱片,我喜欢听高庆奎唱的《逍遥津》。听到汉献帝受曹操欺侮,连伏皇后的命也保不住,“父子们在金殿伤心落泪”,真是可怜！读《三国演义》(这是我读的第一部小说)，曹操对刘备说："天下英雄唯使君与操耳！"曹操这个乱世奸臣，怎么能算"天下英雄"呢？后来看京剧《战宛城》，看到曹操在宛城打了败仗，张绣追赶曹操，说曹操是穿红袍的，他就吓得把红袍脱下；张绣又说曹操长了长胡子，他又吓得把胡子割掉；幸亏大将典韦舍命相救，才逃出一条生路。在我看来，典韦才是英雄；但在京剧中，典韦只是配角，主角却是曹操，我觉得不公平。这是我小时候的英雄史观。

二年级教室墙壁上贴了许多图画，给我印象最深的是周瑜火烧赤壁的那一张。比起薛仁贵和典韦来，薛仁贵救了皇帝反而坐牢，典韦救了魏王却送了命，都是有勇无谋；周瑜却是智勇双全，能够以少胜多，大败曹操八十万人马，可以算是个真英雄。但《三国演义》上说"诸葛亮三气周瑜"，说"周郎妙计安天下，赔了夫人又折兵"，可见周瑜才智不如诸葛。但在京剧舞台上周郎少年英俊，胜过诸葛亮的"羽扇纶巾"，所以我小时候喜欢周郎之美，胜过诸葛之才。

二十世纪二十年代，每包香烟中都赠送一张画片，上有小说中的英雄人物，如周瑜、曹操等。我的哥哥渊洵就收集画片来做打仗的游戏。如果我得到了一张周瑜，而他得到了一张曹操，打起仗来，他说曹操有八十万大军，周瑜兵少，自然打不过曹操，于是他取得了胜利。如果是我得到了曹操，而他得到了周瑜，他又说曹操八十万人马是陆军，在水上打不过周瑜的水兵，还是他取得了胜利。

哥哥比我大四岁，他的手很灵巧，会把竹子做成手枪，办法是截下一节竹子，在上面开一个长方孔，在下面开一个小孔，把一根软竹片做弹簧，从长方孔的后方凸起伸到前方，一直伸到小孔下面，再在弹簧前方的竹筒里放一个小石子做子弹，用手指一扣小孔下面的弹簧，软竹片就会把石子弹出去。哥哥给我做了一支竹手枪，那是我最喜欢的玩具。哥哥还会用硬纸片做军舰，我只会用纸折小船，于是我们就在水盆里做周瑜战曹操的游戏。

我读小学一年级时，哥哥已是实小三年级的学生。我在他的教科书里第一次读到李白的名诗《静夜思》："床前明月光，疑是地上霜。举头望明月，低头思故乡。"字都认得，念起来也顺口，但是没见过霜，也没离开过家，所以不知道什么"思故乡"。只是听故事讲："八月十五天门开，金银财宝落下来。"我一"举头望明月"，就希望月亮会开天门，会落下财宝。

哥哥的教科书里还有胡适翻译的法国故事《最后一课》，讲一个法国小学生的故乡被德国占领，小学不许再教法文，而要改教德文，小学生这才后悔没有学好祖国的语言。我对普法战争的历史一点也不知道，所以也没有激起对法国小学生的同情。但当上海发生五卅惨案、英帝国主义者枪杀中国工人时，哥哥教我唱一支爱国歌曲："帝国主义勾结军阀害我中华，几阵枪声满街热血一场残杀。热泪的抛、抛、抛、抛；大凡的恼、恼、恼、恼；心头的火烧、烧、烧；此仇必报、报、报、报！”这才开始有了爱国思想。

哥哥的学习成绩不如大堂兄渊泽。渊泽比渊洵大两岁，给我们讲《天方夜谭》的故事。我最爱听《阿里巴巴和四十大盗》，大盗要抢富人，先派探子进城打听，在富人门上画一个圆圈，准备晚上来抢。有个富人的女儿很聪明，在每一家的门上都画个圆圈，晚上大盗来了，不知道抢哪一家好。我觉得这个女孩比得上小时候的司马光和曹冲。

我在大堂兄的书架上读到《水浒传》，觉得梁山泊的好汉反抗贪官，比阿里巴巴四十大盗好。我还记得一百零八将的名字，但不明白宋江为什么能坐第一把交椅，他的武艺远不如早上梁山的林冲，这和《说唐》排的座次不同。《说唐》完全是按武艺高低排座次的：如第一条好汉是李世民的四弟李元霸，第二条好汉是宇文成都，……第七条好汉是罗成，……这使我从小养成了按本领定地位的思想，也就是按劳取酬的先声吧。在小学时，我认为力气大也是本领大，自己力气小就甘拜下风，安分守己。读了《水浒传》之后，又觉得本领大不一定力气大；只要学好本领，还是可以坐上第一把交椅的，或像林冲，坐第六位也不错。

我入学时，大堂兄在实小六年级，他学习成绩很好，在学校里，在家庭中（祖母在世，堂兄和我们是一个大家），他的地位都高高在上。实小是南昌市最好的小学，他毕业后，考取江西全省最好的第二中学；二中毕业，又考取了全国一流的上海交通大学。可惜他太用功，得了肺病，二十二岁就去世了。哥哥渊洵没有考取二中，进了一所私立中学，高中考取工业专科学校，毕业后又只考上厦门大学（当时不算一流），比起大堂兄来，处处低人一头，郁郁不欢，却也得了肺病，在二十四岁去世。

二堂兄渊澂比我大两岁，在实小比我高一级。他的算术很好，九九表背得滚瓜烂熟，会打算盘，我背九九表就是跟他学的。他对时事很了解，实小举行时事测验，结果他得全校第一。邻居有个孩子，要我把刀口对准鼻子，然后说我三天之内会死，吓得我大哭起来。二堂兄听见了，立刻把刀口对准自己的鼻子，说是不会死的，叫我不要害怕。我小时候怕死，读到薛仁贵归天不禁流下泪来，那是我第一次为古人担忧。但读到《西游记》中孙悟空大闹天宫，又闹地狱，把阎罗王的生死簿都烧了，可以长生不死，我又希望我们的名字都烧了才好。可惜孙悟空没有烧掉二堂兄的名字，因为他在二十几岁时也追随渊泽、渊洵于地下了。

堂弟渊涵比我小半岁，他们三兄弟都是大伯的儿子。大伯在银行工作，经济条件比我们家好。我们每年只得二百文压岁钱，渊泽他们却得一千文。我们玩竹枪时，渊涵却买了一支玩具枪。但在两个堂兄去世之后，大伯不许渊涵升学，结果渊涵只过了平凡的一生。

1928 年春，父亲要去星子县工作，就把哥哥渊洵寄托在二姑母家，又把弟弟渊深交托给二伯，只要继母带我一个人坐船到星子县去。船经过鄱阳湖，听说三国时周瑜在这里大练水兵，觉得湖上烟波浩渺，像是水兵遗留下来的战尘，显得杀气腾腾。到县城后，看到周瑜点将台的遗迹，不过是一大堆黄土，上面荒烟衰草，周围乱石残砖而已，不禁大失所望。

我从江西的省会南昌来到外县，知道许多故事，又会画人物像，所以学习成绩高人一头，连县长的子女也比不上。记得县长请我们吃饭，他念了四句藏头字谜："一点周瑜无志量，三战吕布刘关张，口骂奸臣曹操贼，十万雄兵难抵挡。"问我猜得出是什么字吗？我回答说是"计"字，因为"一点"加"三"再加"口"是"言"字，"言"旁加"十"就是"计"了。县长夫人问我怎么称呼她，我叫了一声"师母"，她说不对，"应该叫我丈母娘"。

我得到一张香烟画片，上面画着曹操的大将许褚，骑着高头大马，没穿盔甲，手里拿着半截长矛，原来是从五虎上将马超手里夺过来的，我认为他是许家的英雄。恰好一个同学有张画着马超的香烟片，我们就玩许褚战马超的游戏。在南昌时，我和哥哥打仗玩，总是他胜我败；到了外县，我就不肯认输，结果弄假成真，把那个同学打伤了。父亲知道后非常生气，狠狠地打了我一顿，把我的香烟画片都烧掉了。我大哭了一场，并不是因为打得痛，而是因为失去了我心爱的画片。一天，继母告诉我说，县长的小女儿听说我挨了打，把眼睛都哭肿了，并且收集了许多香烟画片，要送给我。晚上，我到她家去取，她怕父亲再把画片烧掉，就亲自送我回家。在途中，我们看到萤火虫在草上飞，觉得非常好玩，两个人用小手去捉，居然捉到了一只。不料萤火虫一到手上，就再也不发光了。更料不到的是，她短暂的生命也像萤火虫一样，只在童年时代发出了光辉，十几岁时，也随着萤光消逝了。

我在星子只住了半年，夏末秋初，又随父亲坐船回南昌。经过吴城的时候，鄱阳湖上没有风，帆船不能开。吴城岸上有个龙王庙，可以抽签问天气。父亲带我去问，签上总说没有风。我记得《封神榜》里哪吒闹龙宫的故事，就把签筒打翻，结果第二天居然起风了。我洋洋得意，以为是自己的功劳，有一点天不怕，地不怕，以胆大为荣了。

回到南昌，我又考入实验小学三年级，弟弟渊深也入了学。一天上午，他告诉我，有一个同班同学欺负他。我和弟弟玩时，总是我胜他败，但是我却不能让他受别人欺侮，就同他去大兴问罪之师，摘掉那个同学的帽子，塞在一家理发店的门板后面。不料那个同学也有大哥哥，下午来向我们讨回帽子，我再到理发店去找，却找不到了。幸亏二堂兄向大伯母要了五角钱，买了一顶帽子赔他，才算了事。从此以后，我再也不敢在学校逞英雄了。

小学三年级是李正开老师教国语，教科书中有威灵顿和林肯的故事。威灵顿是英国大将，打败拿破仑后，骑马走过一个村庄，一个小孩却大胆拦路，不许马进村里，威灵顿居然绕路走了。我只佩服孩子胆大，却不了解威灵顿平凡中的伟大。林肯当选美国总统之前，曾在一家商店做伙计，有一次多收了顾客的钱，他冒着大雨把钱送到顾客家里去。我想，还钱是件普通的事，怎么能当选总统呢？

上历史课时，韩祖德老师问："战国七雄是哪七国？"大家都不知道。只有一个新从靖安转学来的涂茀生回答说："秦楚齐燕韩赵魏。"我对他很佩服。他比我大两岁，教我唐诗《枫桥夜泊》："月落乌啼霜满天，江枫渔火对愁眠。姑苏城外寒山寺，夜半钟声到客船。"我听得似懂非懂，联系到我坐船到星子的情景，就把诗改成："日落西山红满天，三五渔船停湖边。星子城外点将台，暮色苍茫到客船。"于是茀生成了我的好朋友，是最早的一个。

1929 年春，我升入四年级，还是李正开老师教国语，他的普通话说得好，是全省小学教师推广普通话的代表。记得教科书中有莎士比亚《威尼斯商人》的故事，说商人借了犹太人的钱，不能到期还债就要割一磅肉赔偿损失；商人朋友的妻子是律师，说犹太人割肉不许出一滴血，否则就是谋财害命。当时我觉得女律师真聪明。上算术课做四则习题，如鸡兔同笼，有十个头，三十只脚，问有几只鸡？几只兔子？说是五只鸡五只兔子，这就是学聪明了。上国语课讲了一篇《中山陵游记》，作文时我模仿写了一篇《旅行记》，李老师说模仿得好，在班上念了我的作文。我又写了一篇作文《求己说》，李老师要我拿到全校会上去演说。这是我第一次在几百人面前发言，我个子小，题目大，声音更大，满脸通红，同学们一听，就哄堂大笑起来，我并没有怯场，声音也没降低，讲完了才下台。

四年级开始写日记。我第一天的日记写一个同学随地吐痰，受到处罚的事，但把"痰"字错写成"啖"，因为我觉得"吐啖"都是口旁，比"痰"字好看。李老师给我改了错字，在日记后批了一个"阅"字。

江西省立图书馆在百花洲，那里有湖有桥，有花有树，还有亭台楼阁，是当时南昌最美的地方。我去图书馆看书，要经过高桥和东湖，湖滨有个小茶馆，茶馆里有一个人说书，只见他惊堂木板一拍，唾沫飞溅，讲得非常起劲。我走过茶馆时，总要站在门口听几分钟。一天晚上，我正听得神往，不料忽然下起雨来，我又没有钱进茶馆喝茶，只好冒着大雨回家，结果淋得浑身湿透。第二天晚上我再去图书馆，就穿上雨鞋，拿了雨伞，但回家时并没有下雨，我反倒大失所望，就把这写在日记里。李老师阅后画了双圈，表示写得很好。

在教室里，我的座位靠墙，光线不好。在默写时，我的"贺"字看起来缺了一笔，李老师扣了我的分数，我争辩说是没有错。老师以为我骄傲了，打了我一耳光，这是我第一次挨老师的打。

四年级开始学英文，由涂宜钧老师教。他穿一身西装，戴一副玳瑁眼镜，显得很洋气。他点名时喜欢给学生取外号，如“曹赣生，眼瞪瞪”，叫我们听得发笑。他讲英文二十六个字母，说“a”看起来像一个牛头，听起来像在和人打招呼。他教我们念到 d、g、p、t、z 时都停一下，这样有韵好记；又教我们拼音：ba、be、bi、bo、bu、by，也很顺口。但那时候还没有学国际音标，有些英文生字音形距离很大，看了念不出，我就望而生畏了。但在家里听见哥哥背英文儿歌《小小星星眨眼睛》：

Twinkle, twinkle, little star.
How I wonder what you are!

我跟着念，却也背出来了。

涂老师除了教英文外，还教我们体育。上课时先做体操，然后游戏：全班分成两组赛跑；或者围成一圈，一个学生在圈外跑，跑时拿块手帕丢在一个同学背后，如果跑完一圈，这个同学还没发现背后有手帕，就要站到圈子中央去表演；如果这个同学发现了，应该拾起来去追丢手帕的人，追上了就要他表演，追不上再把手帕丢在另一个同学背后，就这样丢呀追呀，觉得很好玩。此外，操场上还有一架滑梯，一副跷板，一个沙坑。滑梯容易把裤子磨破，家里不许我滑；跷板要两个人坐，一头坐一个，一起一落，倒很有趣。但淘气的同学欺侮我小，往往不打招呼就跳下跷板，让我从高处落下来，蹾得很痛。涂茀生不欺侮我，所以我喜欢同他玩。

操场当中是一个篮球场。有一天中午，我们班队和别的队赛球，我做啦啦队，声音特别大，班队受到鼓舞，结果得了胜利。但输的队不服气，怪我叫得太响，要来打我。说时迟，那时快，我们班队的队长一个箭步跳到我的面前，不许对方动手。这是我第一次感到集体的温暖。

音乐老师是刘忠谋，他教我们唱赵元任的名曲《教我如何不想他》，我唱时没有想什么人，但在家里，堂姊渊淑教我们唱《木兰辞》和《苏武牧羊》，唱到“三更同入梦，两地谁梦谁”时，我倒真有点想苏武母子了。

哥哥去看全市运动会，回家对我们讲运动员跑得多么快，歌唱得多么好听，使我非常羡慕，并且跟他学唱：“大道之行也，天下为公。选贤与能，讲信修睦。……”我一点也听不懂，居然背得烂熟。后来才知道这是中国几千年文明的结晶，礼乐治国的歌声。我们不但“文以载道”，连歌也早已“载道”了。

教图画的是魏老师。我看到一本连环图画，是《封神榜》中的《杨戬出世》，非常喜欢，就模仿画书中的人物，还有《三国演义》中的许褚，《西游记》中的猪八戒等。魏老师说画得不错，要我参加全校图画比赛，结果得了第六名。

1930年春，我升入五年级。有一天，我去百花洲图书馆，见门口站了两个卫兵，不许人去借书，原来这里改成蒋介石的行营，要去打赣南的共产党了。那时，邻居有个亲戚从赣南来，说共产党红军真厉害，十几岁的小青年，手拿红缨枪，却能打败拿步枪的大兵。后来，传说赣江漂来了一个人头，一看却是到赣南去打共产党的总指挥张辉瓒，于是大家简直把红军看成神兵神将了。

为了打共产党，南昌城里都驻扎了兵，占用了学校和民房。实验小学只好两个班合用一间教室，吵吵闹闹，简直不记得学了什么功课。好在家里给我订了一份《儿童世界》，里面有很多故事，中国的如《南柯一梦》，外国的如欧文的《吕柏大梦》。吕柏因为怕老婆，躲到山里去睡了一大觉，回家却已经过了几十年，老婆早已死了。南柯太守也梦见自己在"大槐安国"做了驸马，公主一死，打了败仗，惊醒后发现自己原来睡梦中到了一棵大槐树下的蚂蚁穴中。我觉得美国欧文的故事没有什么趣味，蚂蚁打架也不如红军打仗有意思。

那时我最喜欢看的是武侠小说，最著名的是《江湖奇侠传》，拍成电影叫作《火烧红莲寺》，正在湖滨电影院放映，但是票价太高，我买不起，只好借看小说过瘾。记得小说第一回讲柳迟偷了一只鸡，用黄泥巴包住，放在火上烤熟，吃起来非常香，这就是有名的"叫花子鸡"。柳迟拜笑道人为师，学会了手指飞剑术；笑道人会口吐飞剑，比柳迟高一级；有个小青年陈继志，只要一拍后脑，脑后就会飞出剑来，比笑道人还高一级。1931 年 9 月 18 日，日本侵占了中国东北三省，全国同胞义愤填膺，要求政府抗战，把侵略军驱逐出去。我们小学生也想和陈继志一样，学好武艺，保卫国家。我和涂茀生、吴琼等几个同学像柳迟一样，在课后到野外去寻师练武，茀生取了个外号"凌霄子"，吴琼叫自己作"琼霄子"，我也就自称"冲霄子"。但我们既找不到笑道人，也找不到陈继志，又不能无师自通，只好游山玩水之后，就回家了。

六年级上学期还是李正开老师教国语课，他一直是我这班的级任导师。记得他讲过朱自清的《背影》；还讲过法国作家都德的《塞甘先生的山羊》，说山羊和狼斗，不肯屈服，斗了一夜，结果被狼咬死，这是鼓励弱者要有奋斗的精神。李老师还教我们分段落，加标点。他在黑板上写了山羊的故事，没有标点，叫我念给全班听。我在该停的地方都停了，但把"一夜之久"念成了"一夜三久"，引起了全班的笑声。

下学期李老师病了，由韩祖德老师代课。韩老师年纪大，性情温和，不像李老师那样严，学生都喜欢他。他开始教我们文言文，第一课是陶渊明的《桃花源记》，第二课是刘基的《卖柑者言》，说柑橘坏了就是"金玉其外，败絮其中"，使我一生都引以为戒。才上两课，就发生了日本在 9

月 18 日侵占我国东三省的事件，这时我才明白了为什么要学塞甘先生的山羊不怕强暴、斗争到底的精神。韩老师要我们作文时写一篇《告同胞书》,现在把我的作文抄录如下：

诸位同胞们：

我们的东三省如今已被日本夺去了。这是什么原因呢？原来日本有一个少尉到我国来探看军情，不知怎么失了踪。日本得了这个消息，便不由分说，说是我国人把他杀了，便出兵来攻东三省，把我国的军械缴了，要隘占了，兵工厂和铁甲车炸了，飞机夺了，主席捉了。唉！这是多么的可耻啊！这仇如不报，还成什么国家呢！同胞们，快快起来吧！将我们的热血和他们决一死活吧！

这是“九一八”事变后的实录，反映了当时中国的民心，地无分南北，人无分老幼，都对日本侵略者怀着刻骨的仇恨。从这封二百字的《告同胞书》中，也可以看出当时小学生的作文水平。

此外，韩老师还要我们写了一篇《旅行青云谱记》。我的作文中有一句：“看见一片丛林，被风吹得微微摇动，仿佛欢迎我们进去参观似的。”韩老师在句末加了双圈，表示写得很好。可惜收尾太简单了，老师加了一句：“登塔巅一望，看见西山屏风似的峙在西面，章江衣带似的绕在北面；

远望南昌市危塔高耸，近看蔡家坊炊烟四起，才知道天时已不早了，于是下塔循原路而归。”老师是借我的作文，写他自己的游记；我却从他的眼里看见了我看得到而写不出的东西，学到了对仗的句法，增加了对故乡的感情，因为蔡家坊就是我的故园。

这一学期，我还代表全班参加了全校的作文比赛、算术比赛、演说比赛，结果演说得了第二名。第一名是薛蕃荣，他比我大两岁，各门功课都好，人又清秀斯文，演讲起来声音清脆，头头是道，娓娓动听。我却声音洪亮，说话带有感情，也能吸引听众。我们两人还代表全校，出席全市各小学的演说竞赛，结果还是他名列全市第一。我很喜欢他，上课时和他坐同一张书桌，下课后和他同路回家。他代表学校出席全市童子军露营活动，半个月没有来上课，我上课时看见他的位子空着，下课后一个人回家，不禁惘然，若有所失。他的学习成绩全班第一，我毕业考试时是甲等第五名。我们一同升入江西省著名的南昌第二中学，同班听章子周老师讲电视机，没想到薛蕃荣后来成了我国制造第一台电视机的总工程师。他是我童年伙伴中成就最辉煌的一个。

实小作文比赛得第一的是神童熊传诏，他和我的二堂兄渊澂同班。1957 年，他不知怎么被打成了“右派”，从此潦倒一生，郁郁至死。

童年时代的同学，有的鸿飞天上，有的陷入雪泥。

中学时代的浮光掠影

——

我们歌颂新生的时代，
我们热爱黄金般的青春；
四月朝阳照满了晴空，
汪洋潮水涌荡在海滨。

小学毕业之后，我面临人生路途上的第一道关是考中学。当时江西省最著名的中学是南昌二中，二中的老校长有两句名言："名称永居第二位，成绩须达最高峰。"全省会考，二中总是名列第一，毕业生多能考取全国的名牌大学。最著名的毕业生是吴有训。吴有训1927年留学美国时，他做的X光实验证明了康普顿定律，使康普顿得到了诺贝尔物理奖。因此父亲对我说："如果你考不上二中，那就去做学徒！"这样一来，能不能升二中将决定我一生的命运。

1932年7月，我去系马桩二中参加入学考试。国文考题有一段文言翻白话，还要写一篇作文，题目是“我喜欢的功课”。我就说是国文和历史，其实我喜欢的是看小说，听故事。算术考试两小时，有一个题目是：三个工人每天工作八小时，一个星期可以做完的工，如果四个工人每天工作七小时，问要几天可以做完。我只花了一小时就答完了六个试题，结果考入了第二中学。

二中一年级教国文的是周慎予老师，讲的都是文言文。记得学过一课王安石的《伤仲永》，说仲永是个天才儿童，四岁会写文章，后来不求上进，结果一生碌碌无为。还有一个天才儿童叫诸葛恪，他的父亲诸葛瑾脸长得像驴子，有个客人和他开玩笑，在一条驴子脸上贴上“诸葛瑾”三字。诸葛恪一见，立刻在“诸葛瑾”下面加了“之驴”二字，并且把驴牵走了。客人见他聪明，就对他父亲说：“这孩子，小时了了，大未必佳。”这就是把诸葛恪比作仲永一样的孩子了。不料诸葛恪一听，立刻说了一句：“先生想必小时了了！”叫客人下不了台。这个故事比《伤仲永》给我的印象要深得多。

至于诗词，朱端人老师教了李白的《清平调》；萧艾甫老师教了杜甫的《客至》。李白形容杨贵妃说“云想衣裳花想容”，我不懂云和花怎么会有思想。朱老师说这有两种解释：一是看见云就可以想到杨贵妃的衣裳，看见花就可以想到她的容貌；二是云像她的衣裳，花像她的容貌。我这才恍然大悟，明白了中文诗词之妙。但杜甫描写田园生活："舍南舍北皆春水，但见群鸥日日来。花径不曾缘客扫，蓬门今始为君开。"我没有见过鸥，春水、花径、蓬门，又觉得平淡无奇，不会欣赏。

上"党义"课，章兴甫老师讲到辛亥革命前夕革命军总司令黄兴悼念黄花岗七十二烈士的《蝶恋花》："转眼黄花看发处，为嘱西风，暂把香笼住。待酿满枝清艳露，和香吹上无情墓。"黄兴要西风把花径枝头的露水酿成美酒，吹去祭奠墓中的英灵，这就使平淡无奇的西风、花径、露水、墓门，都带上了浓厚的感情色彩，化平凡为神奇了。期末考试，我国文得了八十分，"党义"却不及格，只得四十九分。

上英文课，刘绳武老师从字母教起，他讲语音非常仔细，如"人"的单数（man）和多数（men）发音分不清楚，他就教我们用口形来分，嘴张大得只能放进一个手指是多数，可以放进两个手指是单数。我在小学学过英语，所以第一次小考考了九十三分。不料刘老师生病去世了，由一年级级任陈子颜老师来教。陈老师不了解我们的学习情况，第一课就考了我们一下，内容有些是我们没学过的，我只得了六十二分。他给我们讲英文文法，八大词类，音节很多，有些词类（如副词、介词）又不知道什么意思，结果我对英文的兴趣就大减了。

教数学的是李果青老师，他教过二中的车校长，学生对他非常尊敬。他教我们代数，有一次，他在黑板上写错了一个数字，我指了出来。作为校长的老师，居然被一个一年级的小学生指出了错误，但他不但没有怪我，反而当众表扬，使我开始不知天高地厚了。

教植物和生理卫生课的是龙腾云老师，他教我们睡觉要靠右侧卧，使我终身受益。但植物课只讲分类、性质、用途，枯燥无味，我上学期考试不及格，得五十七分；下学期也只得六十二分，平均五十九点五，四舍五入，才算勉强过关。

教历史的是朱端人老师，前面已经提到。教地理的是戴霁初老师，使我学会了画地图。教音乐和图画的是蔡道南老师，记得他教我们唱杜牧的《七夕》："银烛秋光冷画屏，轻罗小扇扑流萤。天阶夜色凉如水，坐看牵牛织女星。"这是一首写宫怨的诗，宫院中萤火虫飞来飞去，可见凄凉；宫女用小团扇东追西扑，可见无聊；天上的牛郎织女到了七夕还可会面，人间的宫女却成年累月不能与亲人团聚，自然会见景生情。但是我们这些一年级的男学生只会在校园里追扑蝴蝶，哪能体会唐代宫女的哀怨呢？

教体育和童子军的是谌亚通老师。他说："童子军要服从，老师说什么，你们就做什么。"同班的欧阳谧、廖延雄等同学却不肯盲从。欧阳大我一岁，我们时常争夺赛跑第一；廖比我小一岁，赛跑总是落后，但是他不灰心。他们两人都聪明，欧阳谧学了就用，但他当时梦想当电影明星；廖延雄则贪玩，学习成绩不好，结果两个人都留了级。但后来欧阳谧升入厦门大学，没演电影，却成了英国和美国的电机工程师；廖延雄升入中央大学，学习兽医，后来公费留美，最后成了江西省科学院院长。两人都是我初一同学中的佼佼者。

升入初中二年级后，国文还是周老师教。记得读过一篇胡适谈杜威的课文；还读过一篇《四时读书乐》，背得出的诗句如："读书之乐乐何如？绿满窗前草不除。""好鸟枝头亦朋友，落花水面皆文章。"周老师讲过的课文有《心一则物忘忤》，大意是说"精诚所至，金石为开"，例如有人坚信河里有金子，跳下水去，果然淘出金沙来了。这是唯心主义，我听了并不大相信，所以从来没在水里捞到过金子，这是不是从反面证明了"心不诚，就不灵"呢？周老师还讲过一个"内举不避亲，外举不避仇"的故事。在任人唯亲的社会里，要推举亲人太容易，要推举仇人却太难了。我在国文课中学到的理论，并不能在实际生活中应用。我们两个星期在课堂上作文一次。上学期我用文言写了一篇《参观展览会记》，老师的批语是："有条不紊，可造材也。"得了七十八分；下学期用白话写了《告毕业同学书》，批语是"情至而词亦切"，得了八十五分。

教初二英文的是杜伯琴老师，课本用的是中华书局出版的《直接法英语》第二册。但我们初一用的是商务印书馆出版的教科书，每课先讲英文生字，后读课文，再做练习，练习多是中文译成英文。到了初二，忽然换用直接法课本，没有生字注解，要自己查《英汉字典》，《字典》上又往往查不到课文中的意思，于是兴趣大减。第一次小考我靠死记硬背，考了八十多分，是全班第一。第二次考造句，需要灵活运用，我的成绩立刻下降。记得杜老师要我们用 in front of（在前面）造一句，我就按照中文思维，先用中文想了一句“我在你前面”，然后字对字地译成英文：I in front of you，全句没有动词，结果得了零分。涂茀生加了一个动词 run（跑），这句得了满分。其实，他本来的意思要说“我跑得比你快”，英文造的句子却只是“我在你前面跑”。老师不知道他的原意，只要文法不错就算对了。杜老师还给我们讲了英国绿林好汉罗宾汉的故事，我觉得罗宾汉射箭的本领还不如《水浒传》中的小李广花荣：花荣一箭射中左门神的眼睛，第二箭射中右门神的鼻子，第三箭说要射来捉宋江的差官，吓得差官赶快逃之夭夭了。罗宾汉劫法场的故事，在我看来，也不如《水浒传》中李逵救宋江或燕青救卢俊义紧张、惊心动魄。

教代数和几何的是许福田老师，他的头发白了，据说是李果青老师的老师，他们两人都在江西数学四大名师之列。许老师讲点、线、面的概念时，我觉得没兴趣；后来做证明题，我才感到有意思。

教化学的是黎毅民老师，那时认为原子是不可分割的最小粒子，我第一次小考考了第一名。哪里知道后来发现原子是可以分裂的，我的化学分数也随着原子变化了。

初中二年级时，课外读了刘金镃借给我的《堂吉诃德》

和《木偶奇遇记》。那时，林语堂主编的《论语》半月刊风行全国，林语堂说：抽烟会出灵感，我却抽得只想睡觉。《论语》中说：“宰予（孔子的一个学生的名字）昼寝，朽木不可雕也。”林语堂却故意曲解为“杀了我也要睡午觉”。说也奇怪，我倒当真开始养成午睡的习惯。除夕出版的《论语》封面上画了一个大大的黑方块，下面注道：“除夕之夜，黑人在森林里捉乌鸦图。”我看不懂，问大堂兄，才知道是讽刺当时的形势“一团漆黑”的意思。我和涂茀生、王树椒等同学合编了一本手抄的杂志，叫作《战号》。我们又都喜欢收集外国邮票，向往着风景如画的莱茵河畔，岿然耸立的自由女神像，五彩斑斓的非洲长颈鹿。

初中三年级是二年级的继续，只是增加了物理课（项显洛老师教），本国史地改成世界历史（杨薰涛老师教）。国文课教了《论语》中的《言志篇》。英文课教了莎士比亚《威尼斯商人》的故事。小伙子向富家女求婚。富家女拿出三个匣子要他挑选：一个金的，一个银的，一个铅的，要他猜出哪个匣子里有她的小像。小伙子“选择不凭外表”，却猜中了铅，得到了美人和财富。

那时，熊式一表叔在英国出版了一个剧本，叫《王宝钏》，讲王丞相的大女儿嫁了文官，二女儿嫁了武将，只有三女儿宝钏嫁了花郎薛平贵。但平贵从军作战，最后做了西凉国王。我觉得这两个故事有相似的地方。

说来也巧,当时中国著名的宋家三姐妹:大姐嫁了孔子的后代——财界的要人孔祥熙,二姐嫁了政界的要人孙中山,三妹嫁了军界的要人蒋介石。他们影响中国几十年,不但使王家三姐妹相形失色,连莎士比亚的名剧也望尘莫及了。

三年级在课外开始读《红楼梦》,读到林黛玉咏白海棠的诗句:"偷来梨蕊三分白,借得梅花一缕魂。"觉得黛玉的才情远远在我们同代人之上:梨蕊梅魂,其实是她自己的写照。但是这种冰清玉洁的女性,生活中很少见,只有在电影中找了。

那年3月8日,在电影中冰清玉洁的女明星阮玲玉,在生活中却受不了旧恋新欢的诬告虐待,服安眠药自杀了。死前她曾说过:"我这个人禁不起别人对我好。要有人对我好,我也真会像疯了似的爱他!"可见她是因得不到爱情而死的。而《红楼梦》中林黛玉临终说的一句话是:"宝玉,你好,你好!"可见她也是因为宝玉和宝钗成亲,自己失去了所爱的人,才"魂归离恨天"的。那时我对爱情似懂非懂,但对林黛玉和阮玲玉之死,还是洒下了同情之泪。我们在英文课中学到了live(生活)和love(爱),这两个英文字只有一个字母不同:如果把"生活"中的i换成o(i的大写I是"我",o的大写O是"零"),这就是说,如果"我"成了"零",也就是到了"无我"的境界,到了愿意牺牲自我的地步,那就是爱了。林黛玉也好,阮玲玉也好,不都是为了爱而玉殒香消的吗!后来又学法文,发现"爱"(L'amour)和"死"

（Lamort）也只有一个字母不同：“爱”中没有了 u（英文读 you，也即是“你”），就生不如死了。

《诗经·击鼓》中有一段：“死生契阔，与子成说。执子之手，与子偕老。”可以译成白话：“死生永远不分离，对你誓言记心里。何时紧握你的手，和你到老在一起？”可见二千五百年前，古人就是情同生死的。而林黛玉、阮玲玉正是继承、发展了这个古老的传统。

在双玉的悲歌声中，我在第二中学初中毕业了。

1935 年秋，我考入了第二中学高中。高中三年的国文课，都是汪国镇老师教。汪老师的身材矮小，丰富的文史知识浓缩在他胸中。他说话急，恨不得在一小时内讲两小时的课。他走路快，似乎舍不得浪费一秒钟的时间。他给我们讲中国文学史，内容丰富，像亩产千斤的稻田，完全不比大学教授逊色。

日本侵略军占领南京后，南昌震动，第二中学准备南迁，汪老师回到了故乡彭泽，写下了下面的词句：“问五湖，哪有扁舟？梦里江声和泪咽，频洒向故园流。”听说他的学生惨遭杀害，他写了两首哀悼的诗，一首的最后两句是：“一纸难将两行泪，年年心事付征帆。”不料学生死后不久，日军打到彭泽，汪老师坚贞不屈，痛骂敌人，也惨遭日军杀害。他的学生周礼写了一首《水调歌头》哀悼他，下半阕是：

骂寇贼，申大义，是人英。

男儿所学何事？肯做梦囚鸣？

不负平生宿抱，拼却头颅一掷，浩气振丹青。

华表归来处，一笑大江横。

高中三年的英文课都是余立诚老师教。他要我们背诵三十篇短文，还要模仿作文，我考试成绩一下跃居全班第二。从这时起，我才开始对英文有了兴趣。假如初中时我就这样背英文，那真可以缩短三年的学习时间。

高三下学期，车驹校长代讲英文课。他不像余老师那样仔细分析英文句法，讲解词汇用法，只是朗诵报刊文章，要我们记下来，这训练了我们的听写能力。记得校长讲过：英国散文有欧文风格和罗斯福风格。欧文的作品我们背过《见闻录》的序言；老罗斯福总统的作品，只知道一篇《演说辞》，余老师还没有讲过，我就带书到赣江之滨去背诵，这又培养了我自学的兴趣。我发现欧文和罗斯福风格的不同：前者是散体，后者是骈体。车校长还教我们要有自己的风格，无论做什么事，都要看得出是我做的，和别人要有所不同；无论写什么文章，都要文中有我。这使我注意保持自己的个性，后来吃了不少苦果，也取得了不少成果。

高中的代数和三角都是范惠农老师教。范老师是我们高中的级任，他的特点是重视实践，讲了一课英文本的《范氏大代数》（*Fine's Algebra*）之后，总要留下一半时间给我们在堂上做练习，使我们学了立刻能用。我对排列(permutation)和组合(combination)很感兴趣,后来我喜欢打桥牌,觉得就是排列和组合的问题;这甚至和文字翻译也有密切的关系。

教几何的是熊一奇老师。涂茀生说:“熊老师有两手绝活:一是讲课逻辑性强,不多讲一句废话,而且句句有根据,上一堂课,就如证一道几何题。再就是他上课从不带圆规和直尺等,在黑板上作几何图形,信手画去,垂直就垂直,平行就平行,分毫不差,特别是画圆,妙极了,大小由之。”熊老师讲得形象生动,涂茀生听得印象深刻。可惜我只喜欢下五子棋(五子成一线),却对抽象的点线面不感兴趣,听讲时开小差,考试时不及格,而涂茀生却考得最高分。结果高中分组时他在理组,我在文组。

教物理和化学的分别是章子周老师和蒋进三老师。章老师考试时,文组考题和理组的一样难,文组同学都有意见,我提意见声音最大,气得章老师不教了。结果副训导主任记了我一个大过,才把章老师请回来上课。蒋老师讲化学用英文本 *Smith's Chemistry*,他把每页内容摘要用英文写在黑板上,讲课声音太低,点名时常叫我“许渊泽”,因为大堂兄是他的得意门生,参加过全省理化竞赛,不料我却化学考试不及格。

教高中历史和地理的分别是陈九思老师和顾菱生老师。陈老师是清华大学毕业生,他讲课和谈话一样随便,讲历史也随便评论时事,如1936年12月12日西安事变时,他说这是蒋介石独裁政权的失败,结果被关进了监狱。余立诚老师也评论了西安事变,他说国家没有领导人,可能引起内乱,甚至带来外患。他在1949年后也被投入了监狱。

顾老师六年来一直兼任训导主任。二中的校训是“勤、朴、肃、毅”四个字。教师中最能体现校训的是汪国镇老师,主任中最能以身作则的就是顾老师。他和学生打成一片:每天早操,他总站在升旗台前;一日三餐,他都和寄宿生同吃;如有晚会,也总是他训话。有一次晚会他没有参加,学生就觉得少了什么。一问说是他和校长意见分歧,打算辞职,全校同学立刻恳切挽留。他教地理也有两手绝招:一是对地名和特产了如指掌,二是画地图全凭记忆。他也讲过国际形势,也坐过牢,而车校长却病死在狱中。

高中还有图画、体育、军训等课。教图画的是刘竞生老师, 他只用一两笔就可以勾画出一个栩栩如生的人物来,令人叫绝。无怪乎毕加索对张大千说,中国的绘画艺术最高,中国学生为什么不在本国而要到欧美来学画?

教体育的有傅秉钺、谌亚通两位老师。谌老师教我们跑,但是我在中学时个子小,怎么也跑不快,对百米跑十二秒的同班同学徐采栋只觉得可望而不可即。徐后来当选贵州省副省长,又是中国科学院院士,炼钢专家,我国钢铁生产跃居世界第一, 有他的一份功劳。我曾题赠他两句诗:“亿吨钢铁百年梦,超英赶美有采栋。”他是我中学时代成就最大的同学，成就和赛跑一样，都令人望尘莫及。

傅老师教我们跳，我的速度不快，只好往高度发展，结果跳了一米四二，在全校运动会上得了中级组跳高第三，也算圆了初中时代的一个美梦。至于跳远，我和同学打赌，居然一跃跳过了一条四米宽的小溪，甚至超过了我的梦想。

有一次高二班师生排球赛，教师队头排中是身材最高、善于拦网的章子周老师，二排中是一表人才、善于杀球的熊一奇老师。我们班二排中是稳如泰山的陶友槐，初出茅庐的我滥竽充数打最不重要的二排左，结果我们居然出人意料地取得了胜利。陶友槐参加空军前，在我的纪念册上写道："不要忘了过去同在排球场上玩球时的快乐！不要忘了现在国家危急时期离别的痛苦！不要忘了将来光明中凯旋旗下重见的追求！"后来，陶友槐在与日机空战时壮烈牺牲了，我写了三段悼念他的诗：

陶友槐乘长风，飞机血溅蓝天；
敌机一声轰隆，冒出滚滚浓烟。

青山直立湖边，怀念勇士英灵；
漫漫长夜难眠，人影融入山影。

断了弦的古琴，在记忆中沉睡；

挖出几声古音，还能听到心碎。

抗日时期，军训教官是潘宇烈少校，他兼训导处副主任，严格要求学生服从命令。高三有个同学(范老师的弟弟)和他讲理，立刻被罚在操场上跪下，并且被开除学籍。高二同学熊传诏不肯剃光头，也要被开除，幸亏车校长爱人才，而熊是他的得意门生，才算免予处分。我们这些不得意的学生只敢唯命是从，叫我们向右，我们绝不敢向左，乖乖做驯服的螺丝钉。

1936 年 4 月至 7 月，江西全省高一学生集中在西山受三个月军事训练。天气炎热，生活艰苦，天不亮要起床，烈日下要上操，夜里还要站岗，累得我天天想下山。虽然西山的自然环境幽美，但我还是爱自由胜过了爱自然，并且写了半首《沁园春》：

南昌故园，西山古庙，钟鼓惊梦，号角破晓。
参天松柏，垂地杨柳，万木浴风竞自由。
望青云，恨身无双翼，难追飞鸟！

西山军训总队长是黄维，他和车校长是中学同班，文武双全，大有儒将风度。他给我们讲兵法，讲得头头是道，令人肃然起敬。他每天和我们一样早起，参加升旗礼，穿一身黄呢子军服，挂着金光闪闪的一星少将领章，戴着洁白的手套，蹬着咔嚓响的长筒马靴，后面跟着两个少将副总队长，真是威风凛凛。全场肃立，总执行官潘宇烈大队长向他报告人数，他还礼的姿势遒劲有力，令人赞叹。上操的时候，他居然和学生赛跑，看谁先到山顶，令人觉得可亲。他陪同蒋介石视察军训队，蒋介石把“父母”说成“唔姆”，说话不如黄维清楚；行礼频频鞠躬，不如黄维有军人风度，一点也没有电影《北伐》中的雄姿，使我大失所望，甚至我认为蒋介石还不如黄维像英雄了。后来淮海战役，蒋介石把一亿美元的新式武器装备了黄维兵团，黄维却成了解放军的阶下囚，这使我少年时代的英雄旧梦完全破灭了。

后来，我离乡背井，到了赣州，结束了南昌时代的中学生活，留下了一片浮光掠影。

青年求学

通往联大的路

暮从碧山下，山月随人归。
却顾所来径，苍苍横翠微。
——李白《下终南山过斛斯山人宿置酒》

1939年1月20日

联大门口有两条路：一条是公路；一条本来不是路，因为走的人多了，慢慢成了路。现在走那条近路的人更多了，我却不喜欢走大家都走的路。我只喜欢一个人走自己的路：在南昌、在永泰、在黄昏、在月夜，我都有我爱走的路。如果能把我路上的脚印、河畔的影子都描绘下来，那对于我是多美丽的回忆啊！

我过去喜欢一个人走我的路，现在也喜欢一个人走我的路，将来还要一个人走自己的路。

这是我在昆明西南联合大学外文系一年级写的日记。那时日本侵略军已经占领北平（即今天的北京）、天津；北京大学、清华大学、南开大学迁到昆明，组成西南联大。

我为什么留恋故乡南昌呢？在二十世纪三十年代，赣江之滨的滕王阁早已名存实亡，再也看不到“画栋朝飞南浦云，珠帘暮卷西山雨”了。就是“落霞与孤鹜齐飞，秋水共长天一色”的美景，也并不是南昌独有的风光。所以我在江西南昌第二中学读书的时候，并没有什么乡土之恋。但一等到离乡背井之后，我才发现故乡也像健康一样，在失去后才觉得可贵。司空见惯的小桥流水人家，仿佛也旧貌换新颜了。我和二中同学刘匡南（汉高祖刘邦九十一世孙）同坐一辆汽车离开南昌，他在我的纪念册上写道：

> 1937年12月13日，与许君不期而遇于车。沿途休息于八都最久，遂相与散步村之附近，复坐于鲜见大树下闲谈。觉既别于二中，相见甚难，不料犹遇于兹，然自今以后，必难有此乐矣！因执笔记之以为念。

平平常常的几句话，但在我这个初离家门的游子读来，却有了不平常的意义，仿佛字里行间凝聚了一片乡情似的。后来二中迁到永泰。每逢月夜，我喜欢同匡南在赣江之滨散步，望着滚滚北流的江水，仿佛它能把我们滔滔不绝的乡思带回遥远的南昌。这时我们最爱读的诗句，是李后主的“问君能有几多愁？恰似一江春水向东流”。

我们在江边谈得最多的人物，是教我们国文的汪国镇老师。汪老师的身材不高，丰富的文史知识浓缩在他胸中。他说话急，恨不得在一小时内讲两小时的课。他走路快，似乎舍不得浪费一秒钟的时间。他给我们讲中国文学史，内容丰富，像亩产千斤的稻田，简直不比大学教授逊色。

但汪老师一身硬骨，宁可杀身成仁，不肯苟安江东。当日军进攻南京时，南昌动摇，二中迁往清江县永泰镇，汪老师坚决不随校南迁。1937 年 12 月 10 日，我去向他告别，他用毛笔在我的纪念册上写下了十四个大字：

旧学新知多致用，得师取友愿齐贤。

这两句话体现了他对我们的一片深情厚谊。“学以致用”就是他教过我们的《论语》中的第一句：“学而时习之，不亦说乎？”今天看来，知识如能用于实践，创造出新的美，那真是世上最大的乐趣了。“得友齐贤”是化用《论语》中的第二句：“有朋自远方来，不亦乐乎？”幸福如有朋友分享，可以倍增；如不分享，就会消失。《论语》中的第三句：“人不知而不愠，不亦君子乎？”他没有写下来，却付诸实践了。他有大学教授之才，却甘心在知名度不高的中学任教。人也不堪其忧，他却不改其乐，这不是名副其实的“君子”吗？

1938 年 7 月 2 日，汪老师惨遭日寇杀害。他的学生周

礼写了一阕《水调歌头》,现在节录于下:

日寇侵赣,入彭泽,执夫子,骂贼不屈,壮烈牺牲。忆教诲之深恩,痛忠良之死节,为词以哭,聊当悲歌。

正气今犹在,彭泽一书生。
窥江胡马十万,攒戟拥孤城。
不见当年张许,只见纷纷弃甲,烽火使人惊。
金瓯嗟已缺,生死一朝轻。

骂寇贼,申大义,是人英。
男儿所学何事?肯做楚囚鸣?
不负平生宿抱,拼却头颅一掷,浩气振丹青。
华表归来处,一笑大江横。

在汪老师遇难时,我们正在参加中学毕业考试。毕业之后,就要确定人生的道路了,我打算报考联大外文系。但是江西教育水平不高,那时全省甚至没有一所大学,南昌二中虽是全省最好的中学,每年考取名牌大学的毕业生屈指可数。例如曾任中国科学院副院长的吴有训,就是二中首屈一指的首届毕业生。而我并不在屈指可数之列,能考上联大吗?虽然我在小学四年级就开始学英语,但学习方法非常可笑。我把英文二十六个字母中的最后四个编成口诀："打泼了油，吓个要死，歪嘴！"这样才勉强记住了。后来学习生词，我又在"儿子"（sons）下面注音"孙子"，在"女儿"（daughters）下面注上"刀豆子"。我就是用这样动植物不分、长幼无序的方法死记硬背的，自然对学英文没有什么兴趣。

升入中学后，我和同班同学涂茀生、王树椒等都喜欢集邮，而认识英文就可以知道是哪国的邮票，这才觉得英文有点用处。那时我有一个表姐在美国学教育，有一个表哥在欧洲学音乐，我要他们给我寄邮票来。结果得到了美国的自由女神像图、德国的萨尔风景票，我玩得爱不释手，仿佛旅游一般。初中三年级时，我写了一篇《集邮的经过》，寄给芜湖《邮话》杂志，那是我第一次在报刊上发表文章，从此才增加了学习英文的兴趣。熊式一表叔写了一个英文剧本《王宝钏》，得到英国大作家萧伯纳的赞赏，在英美舞台上演，引起轰动。他回南昌来把全家三个"孙子"和三个"刀豆子"，都带到英国去定居，这更加强了我学英文的念头。于是在高中二年级时，我突击背熟了三十篇英文，包括莎士比亚《裘力斯·恺撒》中的演说词。考试成绩居然从中等跃居全班第二，从"人中人"变成"人上人"了，这又加强了我学英文的信心。

到了高中三年级，我在永泰河滨读歌德《少年维特之烦恼》的英译本，觉得人与自然融洽无间，这是我从前读郭沫若的中译本感觉不到的。尝到了学外文的甜头，我的决心就下定了。那时我们几个同学住在校外邮政代办所的隔壁，过着自由自在的生活。我和刘匡南住楼上一间小房，在窗子上贴了一张绿纸当作窗帘，我把它美化为“绿宫”。涂茀生和符达住楼上另外一间。因为他们一个姓符，一个姓涂，听起来好像是“糊涂”，我就开玩笑说他们的房间是“糊涂居”，其实他们一点也不糊涂。楼下大房间住了三个人：戴燮昌（后来学医）、阳含和（后学航空）、贺其治（后来学法）。加上我学外文，匡南学物理，茀生学农，我们几个人居然是文法理工农医，六艺齐全了。

我们白天上课，课后去江边读书或散步，江边的风景很美。有一天雪后放晴，江上的落日残霞烧红了半边天，日落后一轮寒月高挂在远山积雪之上。这是冬和春交织的绚丽景色，是我们在南昌城里从来没有见过的人间仙境。到了夏天，我们课后去河里游泳，让斜阳的余晖吻红我们的脸颊，让江上的清风抚摸我们的肌肤，让清凉的碧波融化夏日的炎热。

游泳回来，我们“脚步合着脚步，臂膀靠着臂膀”，有时唱着抗战歌曲，有时唱着含和从浙江大学他哥哥那里学来的英文歌。说来也巧，这些英文歌词多和河流有关，常使我们浮想联翩，如《江上彩虹》的译文：

彩虹高挂天上，
你我扬起船帆，沿着流水远航，
手握着手，一同沉入睡乡。

走吧，让你和我成为河水一滴，
享受密西西比河上的一片静寂！
科罗拉多河上的月光，
我多么希望和你在一起欣赏！

这样一边唱歌，一边学了英文，还学习了美国地理，体验了美国生活，真是一举三得，把学习、娱乐、生活都结合起来了。

回来晚餐，餐后或是温习功课，或是由含和教我们打桥牌。这又是他从浙江大学的哥哥那里学来的娱乐，我们真是中学还没有毕业，就提前享受大学生活了。桥牌和高等代数里讲的排列组合很有关系，我们打桥牌等于寓学习于娱乐，既锻炼了思维，又得到了乐趣，真是"学而时习之，不亦说乎"！这是我一生最难忘的青春时期。

有一天涂茀生和我同在江边散步，他问我生活的目的是什么。我说是享乐，他说是做事。我认为工作要和乐趣结合起来，就像我们把学习和音乐、桥牌结合起来一样。后来我决定学外文，做翻译工作，也总要把文学翻译做成一种乐趣，译文读来要使自己感到乐趣才行。不但是自己翻译文学作品如此，就是读别人的译文我也是这样要求，这样就慢慢超越自己，也超越前人了。而这基础，却是在永泰打下的。因此回忆逝水年华，总不能忘记这青春年代，但当年的青春同伴多随流水远去了。

抗日战争之前，名牌大学只在当地招生。要考清华、北大就要北上，不但得是屈指可数的人才，还要有屈指难数的钱财，二者缺一不可。平津沪失陷之后，各大学纷纷迁往内地，举行统一招生考试，并且不收学费，反而发给贷金。这对没有钱财的人才，大开了方便之门。于是我们二中毕业班的同学，多半都在浙江大学参加入学考试。我还记得考英文时要写一篇作文，题目是《团结就是力量》。我用比喻开始，说一支箭容易折断，一束箭就坚不可摧；然后言归正传，说如果中国四万万同胞团结一心，全民抗战，那国家就不会被日本鲸吞蚕食了。结果英文得了八十五分，考取了联大外文系。

同时考取的同学有吴琼（后任清华大学英文教授）和万兆凤（后任江西师范大学英文教授）。还有一个秀外慧中的女同学胡品清，也考取了浙大外文系。她后来成了法国外交官的夫人，离婚后在台湾任法文教授，是个有名的女作家。说来也巧，她比我大一岁，也比我早几年把唐诗宋词译成英文、法文，在欧美出版。所不同的是，她把诗词译成散体，我却译成韵文。我们四个人都是汪国镇老师的学生，而汪老师本人也是北京大学英文系毕业的。他没有完成的事业，总算是后继有人了。

我们四个人中，胡品清和万兆凤是全省屈指可数的高材生。万兆凤是全省小学毕业会考第二名，中学毕业会考第四名。他后来参加了《唐诗三百首》的英译工作。前面提到的王树椒是全省小学毕业会考第三名，考取浙江大学历史系的第一名。他在二中依照庄子的文体写了一篇读书报告,得到汪老师的赞赏,批语是“可以乱真”。后来他写了一篇《府兵制溯源并质陈寅恪先生》,中国社会科学院历史研究所副所长熊德基教授读后,说他是“文史奇才”。同班同学中考取中央政治大学的有贺其治,曾任驻英国利物浦副领事,后任国际宇航科学院院士;考取交通大学的有徐采栋,曾任贵州省副省长,后任九三学社中央常务副主席;考取厦门大学的有符达,后来是江西电厂总工程师。回想我们这一班人,当年风华正茂,后来各自走上了不同的道路;现在不是幽明隔绝,就是天各一方了。

考取联大之后,我辞别了江西,经过湖南,到了山水甲天下的桂林,看见奇峰林立,漫江流翠,如入仙境。但日本飞机一轰炸,高楼大厦立刻成了断壁残垣,青山绿水笼罩在愁云惨雾之中,天堂一转眼间化为地狱,我又恨不得立刻回永泰去。正是:

寄居永泰经风霜,客心日夜忆南昌。
无端更渡漓江水,却望永泰是故乡。

我正在动摇中,恰巧王树椒、胡品清等也到了桂林,要去宜山上浙江大学。听见胡品清唱《圣露西之歌》,看见这个多愁善感的才女都没有流露出离愁别恨,我也就打消了回乡的念头。后来读到她在台湾写的《江流》:

必需向前奔流　无休止地
静恬恬地　不舍昼夜
微风起兮　乃有涟漪
一圈又一圈的绰约
大风起兮　遂有波澜
一片又一片的劲疾
当天气清和　太阳升起
乃是一片穹苍　地上的无垠蓝
当风雨如晦　日光退隐
乃是一片混沌　地上的灰色云
但愿　但愿大风起兮
让涟漪化为波澜　让细水化为洪涛
澎湃　浩荡　汹涌　流泻
向海峡　越海峡
海峡之外　是黄河　是长江
是青海——我悠久的源头

这才知道她不但是秀外慧中，而且柔中有刚。但长江水能否流入黄河？异途能否同归？人生的道路不总是奔流向前、永无休止的吗？后来她在北京大学出版了《唐诗三百首》的法文散体译本，所选篇目和我选的《唐诗三百首》英文韵体译本完全一样，是不是北京昆明湖的碧波流入台湾日月潭了呢？

在桂林我还认识了联大数学系的同学廖山涛。他穿一件土布大褂，说一口湖南土话，谁也看不出他是数学考第一的新生，后来会得到第三世界科学院的数学奖。我们同到汽车站买去柳州的票。走这条路的人太多，拥挤不堪，花了十二个小时才挤到票，所以我再也不喜欢走大家走的路了。到柳州后，我请贺其治的姐夫吴延俊买到了经贵阳去昆明的汽车票，开始了崇山峻岭间的万里长征。远看是白云笼罩的重峦叠嶂；身入其境，却成了灰雾朦胧的绿树青山；回顾所来径，又是“苍苍横翠微”了。人生的道路不也是一样吗？在想象的望远镜之前，在回忆的显微镜之下，生活就会发出肉眼看不见的奇光异彩。

到昆明后，我填了一阕不合韵律的《西江月》词：

山下白云缭绕，山头马达轰鸣。
飞越关山万千重，青天开颜相迎。

早有凌霄雄心，今日壮志竟成。
魁星楼外树连天，报道已是昆明。

名师剪影

一

孤帆远影碧空尽，唯见长江天际流。

——李白《黄鹤楼送孟浩然之广陵》

联大常委、清华大学梅贻琦校长有一句名言，大意是说：大学不是有大楼，而是有大师的学府。谈到大师，清华国学研究院有梁启超、王国维、陈寅恪、赵元任四位。梁启超在1929年已经去世，我读过他1922年5月21日在清华文学社讲的《情圣杜甫》。他演讲中说：杜甫写《石壕吏》时，“已经化身做那位儿女死绝、衣食不给的老太婆，所以他说的话，完全和他们自己说的一样。……这类诗的好处在真，事愈写得详细，真情愈发挥得透彻。我们熟读他，可以理会得真即是美的道理”。从这个例子中，可以看出梁任公是如何把西方的文艺理论和中国的古典诗词结合起来的。

据说1926年诗人徐志摩和陆小曼结婚时，请梁启超做证婚人。不料他却在婚礼致辞的时候，用老师的身份教训他们说："徐志摩，你这个人性情浮躁，所以做不好学问；徐志摩，你用情不专，以至于离婚再娶……陆小曼，你要认真做人，你要尽妇道之责，你今后不可以妨碍徐志摩的事业……"从这篇闻所未闻的婚礼致辞中，也可以想见任公的为人。我虽然没有亲聆过教诲，但读了这些"雪泥鸿爪"，也就如闻其声、如见其人了。

王国维是1925年来清华国学研究院任教的，他的《人间词话》是我国古代文艺理论和美学思想的一个总结。他提出的"境界说"对我很有启发，我把他的理论应用到翻译上，提出了文学翻译应该达到"知之、好之、乐之"三种境界。所谓"知之"，犹如晏殊《蝶恋花》中说的"昨夜西风凋碧树，独上高楼，望尽天涯路"。西风扫清了落叶，使人登高望远，一览无余，就像译者清除了原文语言的障碍，使读者对原作的内容可以了如指掌一样。所谓"好之"，犹如柳永《凤栖梧》中说的"衣带渐宽终不悔，为伊消得人憔悴"。译者如能废寝忘食，流连忘返，即使日渐消瘦，也无怨言，那自然是爱好成癖了。所谓"乐之"，犹如辛弃疾《青玉案》中说的"众里寻他千百度，蓦然回首，那人却在灯火阑珊处"。这说出了译者"山重水复疑无路，柳暗花明又一村"的乐趣。使读者"知之"是"第一种境界"或低标准，使读者理智上"好之"是"第二种境界"或中标准，使读者感情上"乐之"是"第三种境界"或高标准。

赵元任被誉为“中国语言学之父”。我在小学时就会唱他作的歌：“枯树在冷风里摇，野火在暮色中烧，西天还有些儿残霞，教我如何不想他？”1920年，他在清华国学研究院任教，为英国哲学家罗素做翻译。每到一个地方演讲，他都用当地话翻译，他模仿得非常像，本地人都错认他是同乡了。谈到译诗，他也说过：“节律和用韵得完全求信。”又说：“像理雅各翻译的《诗经》跟韦烈翻译的唐诗，……虽然不能说味如嚼蜡，可是总觉得嘴里嚼着一大块黄油面包似的。”这些话对我很有启发，后来我译《诗经》和唐诗，就力求传达原诗的“意美、音美、形美”。所谓“意美”，就是既不能味同嚼蜡，也不能如嚼黄油面包；所谓“音美”，就包括用韵得求信；所谓“形美”，就包括节律得求信。

在四位大师中，梁、王二位在二十世纪二十年代去世，赵元任自1938年起长期在美国任教，所以我只见过陈寅恪一人。他来清华是梁启超推荐的。据说校长问梁：“陈是哪一国博士？”梁答：“他不是博士。”校长说：“既不是博士，又没有著作，这就难了！”梁启超愤然说：“我梁某也没有博士学位，著作算是等身了，但总共还不如陈先生寥寥数百字有价值，因为他能解决外国著名学者所不能解决的难题。”校长一听，才决定聘陈来清华任导师。他在清华住赵元任家，因为他“愿意有个家，但不愿成家”。赵同他开玩笑说：“你不能让我太太老管两个家啊！”后来他才成了家。

陈寅恪在清华提出了独立的精神和自由的思想，代表了联大一代学术大师的品格。他是第一个通读了马克思《资本论》德文本的中国学者,却反对机械地照搬马克思主义,可见他的自由思想。他研究历史,提出了以诗证史的方法。他在诗中说“玉颜自古关兴废”,说明帝王的宠幸往往关系到朝代的兴衰。他写了一本《柳如是别传》,也是从“玉颜”的侧面来分析明清之交的文化精神的。

1939 年 10 月 27 日,我在昆中北院一号教室旁听过陈先生讲“南北朝隋唐史研究”。他闭着眼睛,一只手放在椅背上,另一只手放在膝头,不时发出笑声。他说研究生提问不可太幼稚,如“狮子颔下铃谁解得?”——解铃当然还是系铃人了。问题也不可以太大,如两个和尚望着“孤帆远影”,一个说帆在动,另一个说是心在动,心如不动,如何知道帆动?心动帆动之争问题就太大了。问题要提得精,要注意承上启下的关键,如研究隋唐史要注意杨贵妃的问题,因为“玉颜自古关兴废”嘛。

北大名师林语堂到美国去了,他写的《生活的艺术》选入了联大的《英文读本》,他本人也回联大作过一次讲演。记得他说过:我们听见罗素恭维中国的文化,人人面有喜色。但要知道,倘使罗素生在中国,他会是攻击东方文化最大胆、最彻底的人。罗素认为中国文化有三点优于西方文化:一是象形文字高于拼音文字,二是儒家人本主义优于宗教的神学,三是“学而优则仕”高于贵族世袭制,所以中国文化维持了几千年。但儒家伦理压制个性发展,象形文字限制国际交往，不容易汇入世界文化的主流，对人类文明的客观价值有限，所以应该把中国文化提升到世界文明的高度，才能成为世界文化的有机成分。

北大的朱光潜也没有来联大，而是到武汉大学去了。我读过他的《谈美》和《诗论》等书，得益匪浅。后来我把毛泽东诗词译成英文、法文，就把译文和译论一同寄去请教，得到他 1978 年 1 月 8 日的回信。信中说："意美、音美和形美确实是作诗和译诗所应遵循的。"这给了我很大的鼓舞，因为当时的译坛是分行散文一统天下。

1983 年我到北大任教，朱先生那时八十七岁了，还亲自来看我，赠我一本《艺文杂谈》。书中说道："诗要尽量地利用音乐性来补文字意义的不足。"又说："诗不仅是情趣的意象化，尤其要紧的是情趣的形式化。"我从书中找到了译诗"三美论"的根据。

朱光潜虽然没有来联大，朱自清却是联大中国文学系主任。早在 1924 年，两位朱先生就是上虞春晖中学的同事，朱自清教国文，朱光潜教英文。1931 年我在小学六年级时读过朱自清的《背影》。但我喜欢的不是这篇描写父子真情、朴实无华的课文，而是更能打动幼小心灵的那一篇《匆匆》。"燕子去了，有再来的时候；杨柳枯了，有再青的时候；桃花谢了，有再开的时候。但是，聪明的，你告诉我，我们的日子为什么一去不复返呢？"我在作文中模仿了这几句，结果得到了九十五分。可见我小时候就喜欢比喻和对仗，这为我后来的诗词翻译打下了基础。关于比喻,我读到过朱先生谈《诗经》“比、兴、赋”时说的,“比”可以古比今,以仙比俗,以物比人,以艳情比政治。这也增加了我对古诗的了解。

1938 年来联大后,居然在“大一国文”课堂上,亲耳听到朱先生讲《古诗十九首》,这真是乐何如之!记得他讲《行行重行行》一首时说:“胡马依北风,越鸟巢南枝”两句,是说物尚有情,何况于人?是哀念游子漂泊天涯,也是希望他不忘故乡。用比喻替代抒叙,诗人要的是暗示的力量。这里似乎是断了,实际是连着。他又说“衣带日已缓”与“思君令人老”是一样的用意,是就结果显示原因,也是暗示的手法;“带缓”是结果,“人老”是原因。这样回环往复,是歌谣的生命——有些歌谣没有韵,专靠这种反复来表现那强烈的情感。最后“弃捐勿复道,努力加餐饭”两句,解释者多半误以为说的是诗中主人自己,其实是思妇含恨的话:“反正我是被抛弃了,不必再提吧,你只保重自己好了!”——朱先生说得非常精彩。后来我把这首诗译成英文,把“依北风”解释为“不忘北国风光”,就是根据朱先生的讲解。

其实,这一年度的“大一国文”真是空前绝后地精彩。中国文学系的教授,每人授课两个星期。我这一组上课的时间是每星期二、四、六上午十一时到十二时,地点在昆华农校三楼大教室。清华、北大、南开的名教授,八仙过海,各显神通。如闻一多讲《诗经》,陈梦家讲《论语》,许骏斋讲《左传》,刘文典讲《文选》,唐兰讲《史通》,罗庸讲唐诗,浦江清讲宋词,魏建功讲《狂人日记》等等。真是老师各展所长,学生大饱耳福。

记得 1939 年 5 月 25 日,闻一多讲《诗经·采薇》。他说“昔我往矣,杨柳依依。今我来思,雨雪霏霏”是千古名句,写出了士兵战时的痛苦,达到了情景交融的境界。他讲时还摸着抗战开始时留下的胡子,流露出无限的感慨。朱光潜在《诗论》中也讲过《采薇》。他说:“这四句诗如果译为现代的散文,则为:‘从前我去时,杨柳还正在春风中摇曳。现在我回来,已是雨雪天气了。’原诗的意义虽大致还在,它的情致却不知走向何处去了。义存而情不存,就因为译文没有保留住原文的音节。实质与形式本来平行一致,译文不同原诗,不仅在形式,实质亦并不一致。比如‘在春风中摇曳’译‘依依’就是勉强,费词虽较多而含蓄却较少。‘摇曳’只是呆板的物理,‘依依’却含有浓厚的人情。诗较散文难翻译,就因为诗偏重音而散文偏重义,义易译而音不易译。”

闻先生宏观的综合,朱先生微观的分析,对我帮助很大。我后来把这四句诗译成英法文时,就不但是写景,还要传情;不但存义,还要存音。所以我把原文的四个字译成英法文的四个音节,并尽可能押韵。译完之后,觉得无论情义音形,都胜过了现代散体译文,并且证明了我的“三美论”提得不错。如果译文能使读者“知之、好之、乐之”,那就算不辜负闻、朱二先生的教诲了。

1939 年 2 月 28 日,陈梦家先生讲《论语·先进篇》。讲到“暮春者，春服既成，冠者五六人，童子六七人，浴乎沂，风乎舞雩，咏而归”时，他挥动双臂，长袍宽袖，有飘飘欲仙之概，使我们知道了孔子还有热爱自由生活的一面。有一个中文系同学开玩笑地问我：“孔门弟子七十二贤人，有几个结了婚？”我不知道，他就自己回答说：“冠者五六人，五六得三十，三十个贤人结了婚；童子六七人，六七四十二，四十二个没结婚；三十加四十二，正好七十二个贤人，《论语》都说过了。”“五六”二字一般指“五或六”，有时也可指“五乘六”——从科学观点看，这太含糊；从艺术观点看，这却成了谐趣。

这段谐趣，后来陶渊明还把它写入《时运》诗中：

延目中流，（春服既成，放眼中流。）
悠想清沂。（遥想当年，浴乎清沂。）
童冠齐业，（冠者五六，童子六七。）
闲咏以归。（风乎舞雩，闲咏而归。）

这就是说：春天的衣服做好了，穿上新衣，走到沂水；想起当年五六个二十几岁的、六七个十几岁的同学，同在清清的沂水河中游泳，在舞雩台上沐浴春风，然后唱着歌回来。这样享受山水之乐，从两千五百年前的曾皙，到一千五百年前的陶潜，再到几十年前赣江之滨的青年学子，不是一脉相承的吗？

刘文典是一位才高学广、恃才自傲的狷介狂人。《清华暑期周刊》1935年7月登了一篇《教授印象记》，说他“是一位憔悴可怕的人物”：“看啊！四角式的平头罩上寸把长的黑发，消瘦的脸孔安着一对没有精神的眼睛，两颧高耸，双颊深陷；长头高举兮如望空之孤鹤；肌肤瘦黄兮似僻谷之老衲；……状貌如此，声音呢？天啊！不听时犹可，一听时真叫我连打几个冷噤。既尖锐兮又无力，初如饥鼠兮终类寒猿……他讲《圆圆曲》，如数家珍。……”他讲曹丕《典论·论文》，一边讲一边抽烟，一支接着一支，旁征博引，一小时只讲了一句。文中讲到“文人相轻，自古而然”“夫人善于自见，而文非一体，鲜能备善，是以各以所长相轻所短”“常人贵远贱近，向声背实”，他讲得头头是道。其实他轻视作家，公开在课堂上说：“陈寅恪才是真正的教授，他该拿四百块钱，我该拿四十块钱，沈从文只该拿四块钱。”有一次跑空袭警报，他看到沈从文也在跑，便转身说：“我跑是为了保存国粹，学生跑是为了保留下一代希望。可是该死的，你干吗跑啊！”他不但轻视文人，当他做安徽大学校长的时候，甚至顶撞蒋介石说：“你是总司令，就应该带好你的兵；我是大学校长，学校的事由我来管。”结果蒋介石关了他好几天。鲁迅《二心集》中都有记载。

罗庸讲杜诗。如果说梁任公讲杜诗侧重宏观的综合，那么罗先生却侧重微观的分析。如《登高》前半首：“风急天高猿啸哀，渚清沙白鸟飞回。无边落木萧萧下，不尽长江滚滚来。”罗先生说这首诗被前人誉为“古今七律第一”，因为通篇对仗，而首联又是当句对：“风急”对“天高”，“渚清”对“沙白”；一、三句相接，都是写所闻；二、四句相接，都是写所见。在意义上也是互相紧密联系：因“风急”而闻落叶萧萧，因“渚清”而见长江滚滚——全诗融情于景，非常感人。学生听得神往。有一个历史系的同学用“无边落木萧萧下”要我猜一个字谜，我猜不出。他就解释说：“南北朝宋齐梁陈四代，齐和梁的帝王都姓萧，所以‘萧萧下’就是‘陈’字；‘陈’字‘无边’成了‘东’字；‘东’字（繁体）‘落木’，除掉‘木’字，就只剩下一个‘曰’字了。”由此可见当年联大学生的闲情逸趣。

浦江清讲得最好的是《词选》。如他比较李白的《菩萨蛮》（平林漠漠烟如织，寒山一带伤心碧）和《忆秦娥》（箫声咽，秦娥梦断秦楼月。秦楼月，年年柳色，灞陵伤别……西风残照，汉家陵阙）说：“《菩萨蛮》是能品，《忆秦娥》是神品；《菩萨蛮》有刻画语，《忆秦娥》音韵天成；《菩萨蛮》是有我之境，《忆秦娥》是无我之境。作者置身极高，缥缈临空，把长安周遭百里，做了个鸟瞰。而且从箫声柳色说起，说到西风残照，不受空间和时间的羁勒。这样的词，真可以说是千中挑一，不愧为千古绝唱也。”

浦江清讲李清照的《金石录后序》，讲到她前半生的幸福和后半生的坎坷：“只恐双溪舴艋舟，载不动，许多愁。”他就联系《西厢记·长亭送别》说：“‘遍人间烦恼填胸臆，量这些大小车儿如何载得起？’就是继承和发展了宋词。”为了继承和发扬祖国的文化，五十年后，我把《诗经》、唐诗、宋词、元曲等译成了英法文。回忆起来，不能不感激朱、闻、罗、浦诸位先生，但现在却是“英魂远影碧空尽，只见长江天际流”了。

闻一多讲唐诗

红烛啊！
你流一滴泪，灰一分心。
灰心流泪你的果，
创造光明你的因。
红烛啊！
“莫问收获，但问耕耘。”

——闻一多《红烛》

汪曾祺说过：“能够像闻先生那样讲唐诗的，并世无第二人。因为闻先生既是诗人，又是画家，而且对西方美术十分了解，因此能够将诗与画联系起来讲解，给学生开辟了一个新境界。”

首先，我们看看《登鹳雀楼》，这是一首以天地为画布的名诗。第一句“白日依山尽”，五个字写出了画家很难再现的图景：一个“依”字使人看到的是一轮光辉灿烂的太阳沿着高耸入云的山峰缓慢地落下去了。这是一个动态，只有凭借想象才能看到这样的落日斜阳，而画家描绘的，却只能是一个静态的镜头，画不出落日的全过程。第二句“黄河入海流”，画布从天上转移到了地面，主体由西下的夕阳转换成了长河大海。如果说第一句写出了画中看不到的动景，那第二句又写出了画中听不到的江声。第三句“欲穷千里目”，再由天地转到了人，但是什么人呢？“千里”二字不但写出了具体的眼界，而且会使人想到抽象的广大胸怀。以上三句写天地人都是远景，最后一句“更上一层楼”才是近景。在天地山河的衬托之下，更加显得危楼高耸，看尽天下风光了。

听闻先生讲唐诗是几十年前的往事。当时没有做笔记，现在恐怕记得不准确了，仿佛是闻先生说的：五言绝句是唐诗中的精品，二十个字就是二十个仙人，容不得一个滥竽充数的。看看《登鹳雀楼》，就可以知道此言不假。到了今天，如果要用自由诗来表现唐诗的宏伟气魄，那就要找特技演员来做替身了：

夕阳无限美好，
沿着弯弯的山腰，
落到遥远的天外。
黄河奔腾咆哮，

浩浩荡荡，
流入汪洋大海。
如果你要看得更远，
看到千里外的世界，
那你就要登上，
登上一层更高，
更高的楼台！

王维是诗中有画的诗人，画中有诗的画家。如《鹿柴》第一句“空山不见人”，是简单的诗句和平淡的画面，用“不见人”来强调“空”字。第二句“但闻人语响”，用听觉来补充视觉，用人声来反衬“空”字，更显得一无所见。第三句“返景入深林”，写夕阳渗入林中，洒下了斑斓的金光。第四句“复照青苔上”，在幽静的景色中添上几点青苔，更显得深林无人，只有光影闪烁。这不是诗中有画吗？《鹿柴》是写晚景，写夜景的如《鸟鸣涧》。第一句“人闲桂花落”，画的是幽人落花，写的是闲情逸致；第二句“夜静春山空”，画的是苍茫夜色，写的是空灵心态；第三句“月出惊山鸟”，写的是“一石惊破水中天”似的感悟；第四句“时鸣春涧中”却是唤来了秋天里的春天。这不是画中有诗吗？如何用现代诗来写出这种诗情画意呢？

心情闲适，心中无事，

金黄的桂花，悄无声地落下。
黑夜降临，一片寂静。
遥远的青山和云烟，融成了虚无缥缈的一片。
明月升起，光照大地，
惊醒了酣睡的小鸟，引起了一阵阵啁啁，
给青山带来了生机，使幽谷露出了春意。

关于唐诗英译，闻先生写过一篇《英译李太白诗》。读了日本人英译的李白诗后，他在文中说："我得到无限的乐趣，我也发生了许多的疑窦。……浑然天成的名句，它的好处太玄妙了，太精微了，是经不起翻译的。……'美'是碰不得的，一粘手它就毁了。太白的五律是这样的，太白的绝句也是这样的。……这种诗意的美，完全是靠'句法'表现出来的。你读这种诗仿佛是在月光底下看山水似的。一切的都幂在一层银雾里面，只有隐约的形体，没有鲜明的轮廓；你的眼睛看不准一种什么东西，但是你的想象可以告诉你无数的形体。"闻先生并举日本人英译的《峨眉山月歌》为例，说"这首诗译得太对不起原作了"。

《峨眉山月歌》第一句"峨眉山月半轮秋"的确很不好译，因为秋没有形体，半轮却有鲜明的轮廓，两者结合在一起，你的眼睛看得出什么东西来呢？只好运用各人的想象了。日本人没有想象力，看到什么就说什么，所以简单地译成"half round"（半圆形的），结果诗意全没有了。无怪乎美国诗人弗罗斯特(Frost)说:诗是在翻译中失掉的东西。在闻先生的启发下，我想象了一下李白当时看到的景色:峨眉山连绵起伏,像巨人的浓眉横亘在大地上(王观的词说“山是眉峰聚”);半轮明月像金黄的眉毛,高挂在秋天无边无际的夜空中。天上的金眉毛和地上的银眉毛遥遥相对,这不就是一千多年前李白看到的“峨眉山月”吗？于是我就把这个名句译成英文如下:

The moon shines on Mount Eyebrows like Autumn's golden brow.

我觉得这就是闻先生评郭沫若译《鲁拜集》时说的:“译者仿佛是用自己的喉舌唱着自己的歌儿似的。”我认为这是再创作的翻译法，再创作可以使诗在翻译中失而复得,所以也可以说是“以创补失”法。

《峨眉山月歌》后三句是:“影入平羌江水流。夜发清溪向三峡,思君不见下渝州。”平羌、清溪、渝州都是地名,加上峨眉山名,每句一个专门名词,如何能入诗呢？我认为译者这时又应该“仿佛是用自己的喉舌唱着自己的歌儿似的”,要把专门名词诗化,也就是普通化。于是我把后三句翻译如下:

Its deep reflection flows with limpid water blue.

I'll leave the town on Clear Stream for Three Gorges now.

O Moon, how I miss you when you are out of view!

最后一句的"君"字有两种解释：一说君指友人，一说君指明月，因为三峡两岸悬崖峭壁太高，在船上看不见月亮了。如果说是友人，未免显得突兀，而且和诗题无关；如果说是明月，则是借"思君"写三峡之景，又突出了诗人热爱自然之情，真是情景交融之作。所以即使原作是指友人，译者认为友人不如月亮美，还是可以译成明月，因为这不是个"真"的问题，而是"美"的问题。在译诗时，求真是低标准，求美才是高标准。翻译要求真，诗词要求美。译诗如能既真又美，那自然再好没有。如果二者不能兼得，那就只好在不失真的条件下，尽可能传达原诗的意美、音美和形美。音美包括韵律，钱锺书先生说过我译诗是"戴着音韵和节奏的镣铐跳舞"。闻先生说："戴着镣铐跳舞，跳得灵活自如才是真好。"并且批评所谓忠实的翻译说："忠实到这地步便成笨拙了。"

闻先生在评论郭沫若的《鲁拜集》第十九首时说：这首诗"严格地译起来或当如此——

我怕最红的红不过

生在帝王喋血处的蔷薇；

园中朵朵的玉簪儿怕是
从当年美人头上坠下来的。

郭君译作——

帝王流血处的蔷薇花
颜色怕更殷红;
花园中的玉簪儿
怕是植根在美女尸中。

这里的末行与原文尤其大相径庭,但我们不妨让它'通过',因为这样的意译不但能保存原诗的要旨,而且词意更加醒豁,色彩更加浓丽,可说这一译把原诗译好了"。由此可见,闻先生认为译诗是可以胜过原诗的。

但是闻先生在《英译李太白诗》中又说:"《静夜思》《玉阶怨》《秋浦歌》《赠汪伦》……实在什么人译完了,都短不了要道歉的。"我却觉得是不是可以用郭沫若译《鲁拜集》的方法来译李白的绝句呢?如《秋浦歌》:"白发三千丈,缘愁似个长。不知明镜里,何处得秋霜?"这首绝句可以译成语体如下:

我的白头发多么长?
量一量怕有三千丈。

即使是三千丈，
也量不出我内心的忧伤。
我对着镜子照一照，不觉吓了一跳。
秋天的雨露风霜，怎么落到了我的头上？

原诗“三千丈”极尽夸张之能事，语体译文加了“量一量”三个字，可以理解为头发一根一根加起来的长度，词意更加醒豁；原诗“秋霜”二字扩展为“雨露风霜”，色彩更加浓丽。但如译成英文，“三千丈”就不宜入诗，只好尽量保存原诗的要旨，使得词意醒豁，色彩浓丽，也就不一定对不起原诗了。

Long, long is my whitening hair;
Long, long is it laden with care.
I look into my mirror bright:
From where comes autumn frost so white?

闻先生又说：“形式上的浓丽许是可以译的，气势上的浑璞可没法子译了。但是去掉了气势，又等于去掉了李太白。”李白最有气势的绝句可能要算《早发白帝城》：“朝辞白帝彩云间，千里江陵一日还。两岸猿声啼不住，轻舟已过万重山。”李白号称“诗仙”，这首诗可以说是“谪仙之歌”。第一句说早晨告辞彩云间的白帝城。如果把白帝理解为天上的玉帝，那就是谪仙告辞天庭下凡了。第二句的“千里”

之长和“一日”之短，形成了时间和空间的鲜明对比，“一日千里”这不是“神速”吗？第三句中的“猿”啼什么呢？猿鹤都是仙家的伴侣，那不是舍不得谪仙下凡吗？第四句中的“轻舟”和“重山”又有轻重对比，更是飞流直下，气势不凡了。这首诗有翁显良的英译文，多少传达了一点李白的气势：

Goodbye to the city high in the rosy clouds of dawn.
Homeward, out the gorges , out today!
Let the apes wail. Go on.
Out shoots my boat. The serried mountains are all behind.

译文还原可以是：再见了，彩云间的白帝城！回家了，出三峡了，今天就出三峡了！让猿猴哀鸣吧，前进吧！船行如箭。万重山都落在后面了。这不有点李白的气势吗？

这首诗是公元759年写的。那时永王争夺皇位，封了李白的官，但是起兵失败，李白也被流放到夜郎去。在坐船西去夜郎的途中经过白帝城，李白得到赦免，又改乘船东下，心情非常愉快。加上下水船快，就写下了这首快上加快的快诗。其实这首诗是根据《水经注》和三峡民谣写成的。《水经注》中说：“自三峡七百里中，两岸连山……有时朝发白帝，暮到江陵，其间千二百里，虽乘奔御风，不以疾也。”李诗第一句中只有“彩云间”三字是他自己的，但这三个字加得好，使人不但看到了居高临下的白帝城，还看出了李白喜不自胜的心情。1951 年我经过三峡，看见白帝城在半山腰，并没有彩云缭绕。可见李白写的不是客观之景，而是主观之情。三峡有个民谣："长江三峡巫峡长，猿啼三声人断肠。"因为三峡水急滩险，翻船的事故从前屡见不鲜，所以猿啼也成了哀鸣，仿佛是在哀悼失事的舟子似的，使人听了胆战心惊。但是李白却用哀景来衬托愉快的心情，使人更感到流放遇赦的难得。据说美国总统老布什游三峡时还问猿猴到哪里去了，可见这首诗的影响之大。

翁显良 1957 年被错误地打成了"右派"，下放到北大荒劳动改造，后来拨乱反正，才得到平反。他翻译这首诗时，思想感情和李白非常接近，所以才能译出诗人的气势。他的译文不拘小节，不译"江陵"而说三峡，气势反而显得更大；不译"一日还"而重复今日出峡，气势反而显得更急；不译"两岸"而说船行，使主体得到强调。

1980 年，老布什回忆 1977 年的三峡之行时说，他认为李白《早发白帝城》的意境有点像当时的中美关系：两方面都有反对改善关系的声音，就像"两岸猿声啼不住"一样。但他相信，中美关系这艘航船，还会克服困难，越过险滩，冲过"万重山"的。这就是说，他当时对中美关系还抱乐观态度，这也可以算是古为今用了。

一千多年前，李白因为随从永王反对皇帝而被流放，最后还是得到赦免；一千多年后，翁显良因为"大鸣大放"而被打成“右派”,最后也能得到平反。中美关系虽然困难重重,到了克林顿总统时代,也一度得到改善。但是闻一多先生却因为反对独裁、呼吁民主而献出了自己的生命,就像他在《红烛》中所说的:为了“创造光明”而把自己烧成灰烬。

1945年5月4日,昆明大中学生举行大游行时,忽然下起雨来。有些学生正要散开,闻先生却走上讲台,大声说道:“武王伐纣誓师时也下了大雨,武王说这是‘天洗兵’,是上天给我们洗兵器。今天,我们也是‘天洗兵’。”于是游行照常举行。闻先生谈到的武王誓师的事,记载在《诗经·大雅·大明》中:

殷商之旅,(殷商派出军队来)
其会如林。(军旗密密树林样)
誓于牧野,(武王誓师在牧野)
维予侯兴。(我周兴起军心壮)

武王伐纣是三千年前的往事,闻先生把它和三千年后的反独裁斗争联系了起来,可见他善于古为今用。

闻先生在《红烛》中说:“莫问收获,但问耕耘。”但他耕耘的成果累累,收获还是不小的。如他在西南联大中文系的得意门生汪曾祺,后来写出了《芦荡火种》,对革命做出了贡献。历史系的学生程应镠(流金)和外文系的学生彭国焘继承了他的政治事业,分别成了中国民主同盟上海和昆明的委员。不幸的是,他们三人都曾被错误地打成“右派”。幸运的是,历史系学生许寿谔(后改名许师谦)和李晓(后改名李曦沐)等加入了共产党。许寿谔后来成了北京大学历史系副主任,为国家培养了不少接班人,并且写了一篇《闻一多与吴晗》。李晓后来任西南联大校友会秘书长,也写过怀念闻先生的诗句:

每逢故人忆逝川,
最难忘处是南滇。
吴闻壮语惊四座(指吴晗、闻一多两先生),
一二支部聚群贤。

我在联大和汪曾祺一样不问政治,糊里糊涂没有被打成“右派”,总算把闻先生讲过的《诗经》和唐诗译成了英文和法文,也可以告慰闻先生在天之灵了。

冯友兰讲哲学

我在联大八年，回忆起来，冯友兰先生是对我影响很大的一位教授。八年来，冯先生一直是文学院院长，他在联大作过多次讲演。1939 年 7 月 13 日，他在昆中北院食堂讲《中国哲学的应用》，我在日记中有简单的记录。现在摘抄如下：

他说：如果小孩被石头绊倒，他就会发怒，大人却不会，因为小孩是用情感，大人是用理智。中国道家的哲学是“以理化情”。如死是最动情的，但理智上知道有生必有死，就不会动情了。话虽如此，实行起来却很难，只能做到有情而不为情所累。例如看见某甲打某乙，我们愤愤不平，但事后也就算了；如某甲打的是我，事后还是会愤愤不平的，这就是为情所累。应用哲学，就要学会“以理化情”，学会“无私”“忘我”，这样才能有情而不为情所累。

爱因斯坦说过:“要使我们的理论尽可能简单。”冯先生就能把复杂的问题简单化,并能深入浅出地表达出来。

1939年8月2日,冯先生又在昆中北院食堂讲《中和之道》。这次讲演更加重要,现在摘抄我日记中的记录如下:

> 一个人可以吃三碗饭,只吃一碗半,大家就说他“中”;其实要吃三碗才算“中”。“中”就是恰好的分量,四碗太多,两碗太少。“和”与“同”的分别是“同”中无“异”,“和”中却有“异”。使每件事物成为恰好的分量就是“和”,这就是“中和”原理。辩证法的由量变到质变是“中”,由矛盾到统一是“和”。
>
> 应用到个人修养方面,生理上吃饭、喝水、睡觉等得到恰好的分量,就是一个健康的身体;心理上各种欲望满足到恰好的分量,就是一个健全的人格。
>
> 应用到社会方面,政治家、军人、教师等各种人要求权利不太过,要求责任不太少,就是一个好的社会。
>
> 应用到政治制度方面,民主政治最接近“中和”。

我把“中和原理”应用到自己身上,受益匪浅。我从前曾以为做事做到一半就是中庸,听了冯先生的讲演,我才明白中和之道是有一分热发一分热,有一分光发一分光。

这对形成我的人生观颇有影响。就以翻译文学作品而论，如果一天能译一千字的文章，那译一千字就是得其“中”。一个字一个字翻译，这是量变，翻译到一千字成了文章，这是质变。所以从量变到质变是“中”。但是翻译和吃饭睡觉可能有矛盾，翻译一千字，饭也吃得饱，觉也睡得够，翻译、吃饭、睡觉都得其“中”，这是“和”。“和”是从矛盾到统一。这就是我在生活中实践的“中和原理”。

应用到世界观上来，我觉得每一个国家都应该尽可能为本国人民谋福利，这是“中”；如果世界各国都尽可能为本国人民谋福利而不损害其他国家的利益，这是“和”。如果全世界能行“中和之道”，那就天下太平了。用孔子的话来说，“中和”是“从心所欲，不逾矩”。“中”是主观上尽其在我，“和”是不超越客观规律。这就是冯先生的演讲对我的人生观和世界观产生的影响。

1940 年 7 月 26 日晚上，冯先生讲《青年对哲学的修养》：

> 他首先批评题目说：青年对哲学要修养，中年、老年是已经修养够了呢？还是不够修养的资格呢？其实修养是不分年纪的，正如学数学不分年纪一样。这是一般人的错误。
>
> 他讲形式逻辑，说：逻辑是语经，是思想的规则。规则是人人应该遵守、实际也遵守、只是不能完全遵守的。一个不守道德规则的人守规则的时候总比不守

规则的时候多。

辩证法反对形式逻辑。后者说甲是甲，前者说甲是非甲。其实是甲包含非甲，甲可变成非甲。

如果人人懂形式逻辑，天下的争论可以减少一半。如古语说“知易行难”，孙中山先生说“行易知难”。其实，前者是指道德方面，后者是技术方面，两者并不冲突。这就要有逻辑的修养。

重温冯先生的讲话，觉得真是逻辑严密，分析清楚。就以“中和原理”而论，人人都要遵守尽其在我的规则，才能做出成绩。我在翻译文学作品的时候，总想尽可能译得使读者知之、好之、乐之。但是一般只能使人知之，有时能够使人好之，很难使人乐之。这和冯先生说的“不能完全遵守规则”基本是一致的。形式逻辑说甲是甲，等于说规则就要完全遵守，文学翻译就要使人乐之，这是不符合实际的。辩证法说甲包含非甲，这等于说实际上人不能完全遵守规则，文学翻译不能字字使人乐之，总有部分只能使人知之或者好之。“知易行难”说的是道德修养，知道什么是“中和原理”并不难，要做到事事合乎“中和原理”却不容易。“行易知难”说的却是技术才能，如果你知道了制造飞机的技术，动手制造就不困难，“知”需要工程师的设计，“行”却只需要技术工人的劳动。“知易行难”指德，“行易知难”指才，两者范畴不同。经过逻辑分析，就清楚了。

1940年8月8日，冯先生在昆中北院讲《生活的意义》。我没有听到开头的部分，不知道"意义"的第一个意义是什么，只好把听到的部分记下来：

意义不是目的。有人以为生活的意义是指生活的目的。如果凡事都有一个目的，本身只是手段的话，那么世界上的事都成了手段。我们应该说：有些事本身就是自己的目的。哪些事呢？凡是自然的事，如草生草长，都是无目的的；人为的事如吃药等才是手段。所以如果以为意义就是目的的话，生活是没有什么目的的。

意义的第二个意义是了解：了解愈多，意义愈大。如一只狗听见演讲，一点也不了解，所以也就毫无意义；一个无知的人听演讲比狗了解多一点，意义也就大一点；一个大学生听演讲了解得更多，意义也就更大了。

但了解不同，意义也就不同。如地质学家游山，只见山是什么地质；历史学家游山，却记得这山是古战场。这样说来，意义不是主观的吗？其实不然，因为实际上山是某种地质，是做过古战场，并不是地质学家和历史学家臆造出来的。仁者见仁，智者见智，此之谓也。

冯先生谈到了解和意义的关系，说了解越多，意义越大；了解不同，意义不同。这话我深有体会。如李商隐的《无题》诗中有两句："金蟾啮锁烧香入，玉虎牵丝汲井回。"伦敦大学格雷厄姆教授对这两句诗的译文大致是："一只金蛤蟆咬着锁，开锁烧香吧；一只玉虎拉着井绳，打上井水逃走吧。"译文说明英国教授对诗毫无了解，所以译文毫无意义。他不知道："金蛤蟆"是唐代富贵人家大门上的门环，咬住锁表示晚上锁门了；"烧香"是唐代人的风俗习惯，早晚烧香祈天敬神；"玉虎" 是水井辘轳上的装饰品，"牵丝"是拉起井绳的意思，"汲井"就是打起井水——唐代人的风俗习惯是天一亮就打井水，以备一天之用；"入"和"回"的主语都是省略了的"我"字。所以中国人的译文是："天晚烧香锁门的时候，诗人进门了；早晨拉井绳打水的时候，诗人回家了。"中国人的了解比英国人多得多，所以意义也大得多。但是诗人进门做什么？为什么一早就回家了？原来诗中"烧香"的"香"和"相"字同音，"牵丝"的"丝"又和"思"字同音。"香"和"丝"就暗示"相思"，隐射诗人和富贵人家的女性互相思念。诗人等天黑了再偷进富贵人家的大门，来和女主角幽会；因为怕人发现，所以天一亮就赶快溜走了。这样了解更深一层，诗的意义也就大得多了。这可以说明了解越多，意义越大。

1940 年 9 月 14 日晚饭后，我在昆中南院听冯先生讲《文学的欧化与现代化》。现将笔记摘录如下：

冯先生讲到"共"与"殊"："殊"是个体，如张三、李四、美国等；"共"如人、胖子、民主国等。"殊"只有一个;“共”可以没有,可以很多。“殊”没有理由,如张三是胖子就是胖子;“共”有理由,如胖子是因为脂肪多。我们学东西要学“共”,不是“殊”。

欧化是“殊”,现代化是“共”。用新式标点不是欧化,因为标点并不是欧洲原有的,而是现代新出的。现代化就是精密化,我主张现代化,不主张欧化。如中菜西吃就是现代化、科学化、卫生化,而用刀叉却是欧化。

“全盘西化”问题,当时在联大议论纷纷。现在看来,逻辑不太清楚。如果是说现代化,可能反对的意见就不会太多了。

1942 年 6 月 11 日,冯先生在昆中北院讲《哲学与诗》。那时,我在美国志愿空军机要秘书室任英文翻译,被派回联大来听讲,再回秘书室作传达。现将讲话摘抄如下:

宇宙间的东西, 有些是可以感觉的, 有些是不能感觉而只能思议的, 有些是既不能感觉又不能思议的。如“宇宙”就是不可思议的,自然你可以去思议,但你所思议的宇宙,并不是真实存在的这个宇宙。不能感觉而能思议的如“理”“性”等。

诗就写可以感觉的东西, 但却在里面显示出不可感觉的、甚至不可思议的东西。诗的含蕴越多越好,满纸“美”呀“爱”呀,叫人读起来一点也不美,也不可爱,这是“下乘”；写“美”写“爱”也使读者觉得美、觉得可爱，那是“中乘”；不写“美”“爱”“愁”等字，却使读者感到美、爱、愁，才是“上乘”。

诗的意义越模糊越好，如屈原的《离骚》，你可以说是写香草美人，也可以说是写忠君爱国，使人得到的意义越多越好。诗要模糊可用“比”“兴”，如“春蚕到死丝方尽，蜡炬成灰泪始干”。哲学却不同，一句话就是一个意思，而且要清楚。否则，哲学就失败了。

冯先生讲哲学和诗的分别，真是言简意赅，一针见血。回头看看李商隐的《无题》诗，正是用可以感觉的“金蟾烧香”“玉虎汲井”，来写含蕴在内的幽会。诗中没有一个“美”字或“爱”字，却可以使读者感到诗人对情人的爱，他们爱情的美。但是英国的格雷厄姆教授根本不了解这首意义模糊的朦胧诗，译得牛头不对马嘴，反而口出狂言，说什么“不能让华人译唐诗”。居然还有奴颜婢膝的中国人说他的狂言是“至理名言”。由此可见，了解哲学和诗的分别，对译者和评者是多么重要。关于冯先生的评诗理论，我在答中央电视台记者问时，举李白诗句“朝辞白帝彩云间”的三种英译文做了说明。“彩云”可以译成“colored clouds”“rainbow clouds”以及“crowned with clouds”。第一种译文说是“有颜色的云”，虽然不错，但不能引起“彩云”给人的美感，是说美而不美的例子，这是“下乘”。第二种译文说是“彩虹般的云”，这就是用“比”的方法，使人可以看到五彩斑斓的云霞，这是说美而美的例子，可算“中乘”。第三种译文根本没用“彩”字，却说戴着云霞的皇冠，运用的是暗喻的方法，不露声色地把云比作皇冠。而皇冠是金碧辉煌、五彩斑斓的，所以不说彩而彩自见，这是不说美而美的例子，可算是“上乘”。这个译例批判了英美人的骄傲态度和一些中国人的自卑心理，也说明了冯先生的教诲。

1944 年 9 月，冯先生作了《论风流》的讲演。他说话虽然结巴，但是思想却非常清晰，分析非常细致，表达非常简明，能够深入浅出，风格犹如静水流深。冯先生的《论风流》登在《哲学评论》九卷三期上，非常精彩。现在摘录如下：

> 风流是一种所谓人格美。凡美都含有主观的成分。这就是说，美含有人的赏识，正如颜色含有人的感觉。离开人的赏识，不能有美，正如离开人的感觉，不能有颜色。……美虽有主观成分，但是美也有一定的标准。如其不然，则既不能有所谓美人，亦不能有艺术作品。……没有主观成分的性质的内容，是可以言语传达的。有主观成分的性质的内容，是不可以言语传达的。……我可以说，一个命题与事实相合，即是真。一个行为与社会有利即是善。但我不能说，一个事物有什么性质是美。
>
> ……风流是一种美，……真风流的人，必有玄心。……

玄心可以说是超越感。……超越是超过自我。超过自我，则可以无我。真风流的人必须无我。无我则个人的祸福成败，以及死生，都不足以介其意。……真风流的人，必须有洞见。所谓洞见，就是不借推理，专凭直觉，而得来的对于真理的知识。……真风流的人，必须有妙赏，所谓妙赏就是对于美的深切的感觉。……真风流的人，必有深情。……有情而无我，他的情与万物的情有一种共鸣。……主观客观，融成一片。表示这种感触，是艺术的极峰。……陶潜有这种主客交融的乐趣，如他的诗：

结庐在人境，而无车马喧。
问君何能尔，心远地自偏。
采菊东篱下，悠然见南山。
山气日夕佳，飞鸟相与还。
此中有真意，欲辨已忘言。

后来我把这首诗译成英文，认为“心远地自偏”说明陶潜有“超越感”，所以能闹中见静；“悠然见南山”说明他有“妙赏”，能与南山共鸣；“飞鸟相与还”说明他有“深情”，能与飞鸟同乐；“此中有真意”说明他有“洞见”，能够天人合一——所以陶潜是“真风流”。

从这些讲演中，可以感受到联大当年的学术气氛。

叶公超讲“大一英文”

个人的才智有限，
文化的力量无穷。

——艾略特

1939 年 1 月 4 日上午 8 时，我们在昆华农校西楼二层的小教室里，等南开大学教授柳无忌来上“大一英文”。我坐在第一排靠窗的扶手椅上，右边坐的一个同学眉清目秀，脸颊白里透红，眉宇之间流露出一股英气，眼睛里时时闪烁出锋芒。他穿的黑色学生装显得太紧，因为他的身体正在发育，他的智力又太发达，仿佛要冲破衣服的束缚；他穿的大头皮鞋显得太松，似乎预示着他的前程远大，脚下要走的路还很长。一问姓名，才知道他叫杨振宁，刚十六岁，比我还小一岁呢。十八年后，他得了诺贝尔物理学奖，是我国得奖的第一人。

老师来了。他穿一件灰色大衣，里面是一套灰色西服，再里面是一件灰色夹克，脖子上还围了一条灰色围巾，仿佛是把灰蒙蒙的北国风光带到四季如春的昆明来了。他一进来，就问我们上什么课。我要在杨振宁面前露一手，抢先用英语回答，老师也用英语说他是代柳无忌教授来上课的。后来才知道他是联大外文系主任叶公超教授。早在美国求学时代，他已经出版了一本英文诗集，得到美国诗人弗罗斯特赏识。后来他去英国剑桥大学深造，又和英国诗人艾略特时相过从，是第一个把艾略特介绍到中国来的学者。《叶公超散文集》还引用了艾略特的话说："一个人写诗，一定要表现文化的素质；如果只是表现个人才气，结果一定很有限。"

叶先生二十三岁回国，就在清华、北大任教，也许是我国最年轻的英文教授。他在清华教过钱锺书"大一英文"，用的教材是奥斯汀的小说《傲慢与偏见》。他曾挖苦才华过人的钱锺书说："你不该来清华，应该去牛津。"后来他在北大任外文系主任。在联大时，"大一英文"都用清华编的《英文读本》，前几课多是英美作家谈中国的文章，如毛姆的《苦工》、赛珍珠的《荒凉的春天》、兰姆的《论烤猪》、林语堂的《生活的艺术》等。叶先生讲课时说中文多，说英文少；问得多，讲得少；从不表扬，时常批评；但讲起词汇的用法来，却很精彩。记得他讲《苦工》时，碰到"补丁"一词，他讲得很生动，仿佛要用一个"补丁"来弥补没有讲过的其他词汇的损失。他讲《荒凉的春天》时，杨振宁问他："有的过去分词前用 be，为什么不表示被动？"这个问题说明杨振宁能注意异常现象，已经是打破"宇称守恒定律"、获得诺贝尔奖的先声。但叶先生却不屑回答，反问杨振宁："Gone are the days."为什么用"are"？杨以后有问题都不直接问他，而要我转达了。2 月 8 日他讲《生活的目的》时，先要学生朗读课文。学生才念一句，他能说出学生是哪省人；学生念得太慢，他就冷嘲热讽，叫人哭笑不得。我在别人念时没听，只顾准备下面一段，所以我念得非常流利，满以为不会挨骂了，不料他却问我："你读得这么快干什么？你说生活的目的到底是什么？"生活的目的在上一段，我没有听，自然也答不出。他就批评我只重形式，不重内容，这对我是一个很好的教训。

他不但批评学生，也批评作者。他认为林语堂不如兰姆幽默，因为"幽默不是一般的开玩笑，或是讽刺，或是诽谤，而是能看出一桩事理或一句话中本身的矛盾冲突"。他对别人要求很严，考试要求很高，分数给得很紧：一小时考五十个词汇，造五个句子，答五个问题，还要写一篇英文短文。杨振宁考第一，才得八十分；我考第二，只得七十九分。而杨振宁物理考一百分，微积分九十九，是全校成绩最好的学生。

后来，我在《清华校友丛书》二十八册读到《杨振宁趣谈灵感》一文。他在文中说："科学家在'领悟'的刹那能够将两个或者两个以上不相关的观念联系在一起，借以解决长时间耗尽脑汁、搜索枯肠仍未解决的难题，或者缔造一个科学领域中的新发现。”

我在《英汉与汉英翻译教程》的序言中，引用《杨振宁访谈录》上说的：“中国的文化是向模糊、朦胧及总体的方向走，而西方的文化则是向准确而具体的方向走。”然后，我把他的文化方向论和当代的翻译理论联系起来说：“中国传统翻译理论也是走向模糊、朦胧及总体的，而西方科学的翻译理论却是走向准确而具体。杨振宁又说：‘中文的表达方式不够准确这一点，假如在写法律是一个缺点的话，写诗却是一个优点。’我却想到，中国传统的翻译理论不够准确，但是简明好记，用在‘理解’上如果是一个缺点的话，用在‘传达’上是不是一个优点呢？”这样，我又把他关于法律和诗的论点同翻译的“理解”与“传达”联系起来，觉得解决了一个翻译界长期争论不休的问题。自然，关于翻译理论问题还有不同的意见。我认为检验理论的标准是实践，而根据我翻译中国古典文学五大名著及世界文学十大名著的经验看来，我的翻译理论是站得住的。并且在联大时代老同学的书中，我的观点也找得到理论的根据。

1939年6月24日晚上7时，外文系在昆华农校三楼开联欢会。叶先生用英语致辞，英国教授燕卜荪朗诵了他的诗，四年级同学演出了一幕英文短剧。比起燕卜荪来，叶先生和毕业班的英语说得都不流利，使我觉得叶先生严于责人，宽于待己。晚会上还有猜谜活动，我猜中了两个谜语：一个是“何以见江东父老？”打《水浒传》中一个人的绰号，谜底是“没面目焦挺”；另一个是“少牢头，少娘脚，像美人，实在辣”，打一个字，谜底是“姜”。我还得到了小奖品。

1940年秋，叶先生离开联大，弃学从政，去伦敦任中国驻英宣传处处长。回国途中，他坐的船被日本飞机炸沉，人也被俘。他受到严刑拷打，但坚贞不屈，跳水逃生，遇救脱险，后来在南京当了外交部部长。我出国前去看他，他还像在联大时一样，劈面就是：“你要出国镀金去了。”叫我下不了台，我只得答道：“老师已经镀成金身，学生只好去沙里淘金了。”

据传钱锺书先生曾说：“叶公超太懒。”对作为学者的叶公超来说，这话可能不无道理。因为胡适要他和徐志摩、闻一多、梁实秋合译《莎士比亚全集》，结果他一本也没有翻，却让梁实秋一个人译完了。

钱锺书续讲“大一英文”

值得回忆的事是生活中的诗。

——威廉·黑兹利特

叶公超先生只教了一个学期“大一英文”，第二学期我们这个组解散，学生分到其他各组去。杨振宁分到陈福田教授那组，我分到钱锺书教授这组。钱先生是出名的清华“三才子”之一，其他两位才子是剧作家曹禺和历史学家吴晗。

钱锺书先生给我印象最深的有三点：一是他读书求学时，才智过人；二是他写文章或说话时，妙语惊人；三是成为一代宗师之后，嘉勉后人。据说钱先生考入清华大学时，国文得最高分，英文得最高分，数学却不及格，结果是被破格录取的。他上课时从不记笔记，只带一本和课堂无关的读物，一面听讲一面看自己的书，但是考试时总是第一。因为课堂上讲到的书，他多半已经在课外读过，并且说要读遍清华图书馆的藏书。清华才子、后来当了外交部长的乔冠华说过:“锺书的脑袋也不知怎么生的,过目不忘,真是照相机一般的记忆。”

不但他的同学,就是他的老师也无不对他刮目相看。教过他的吴宓教授说:“自古人才难得,出类拔萃、卓尔不群的人才尤其不易。当今文史方面的杰出人才,在老一辈中要推陈寅恪先生,在年轻一辈中要推钱锺书。他们都是人中之龙,其余如你我,不过尔尔!”教过钱锺书的叶公超在他主编的《新月》月刊中,发表过钱锺书的五篇书评。据说钱锺书在清华毕业时,学校希望他升研究院,他却说西洋文学系没有一个教授能做他的导师。在出国留学考试前,很多外文系毕业生听说他报了名,都不敢参加考试了。1935年,钱锺书作为公费留学生去英国牛津大学做研究,得文学士(也可译副博士)学位。1938年秋,清华大学破格聘请他为教授,他就乘法国邮船回国了。

钱先生教我时才二十八岁。他戴一副黑边大眼镜,显示了博古通今的深度;手拿着线装书和洋装书,看得出学贯中西的广度。他常穿一套淡咖啡色的西装,显得风流潇洒;有时换一身藏青色的礼服,却又颇为老成持重。他讲课时,低头看书比抬头看学生的时候多。他双手常常支撑在讲桌上,左腿直立,右腿稍弯,两脚交叉,右脚尖顶着地。他和叶先生不同,讲课只说英语,不说汉语;只讲书,不提问;虽不表扬,也不批评;脸上时常露出微笑,学生听讲没有压力,不必提心吊胆，唯恐冷不防地挨上程咬金三斧头。

1939年3月31日，钱先生给我们上第一课。他用一口牛津英语对我们讲英国音和美国音的不同，要我们学标准的伦敦语音。他给我的第一个印象是：讲课言简意赅，深入浅出，妙语连珠。如他解释怀疑主义时说：一切都是问号，没有句点。（Everything is a question mark; nothing is a full-stop.）他用具体的标点符号来解释抽象的怀疑主义，而且问号和句点对称，everything 和 nothing 又是相反相成，使学生既得到了内容之真，又感到了形式之美。这真是以少胜多，一举两得。

钱先生讲课不用中文，而隔壁教室潘家洵先生把课文翻译成汉语，结果大受学生欢迎。但钱先生说的妙语，却不是别的教授说得出的，如“美容的特征在于：要面子而不要脸”“宣传像货币，钞票印多了就不值钱”等等。他偶尔也有讲错的时候。记得讲爱伦·坡的短篇小说时，周基堃同学（后为南开大学教授）问：“‘My mind to do something’这句怎么没有动词？”钱先生说名词后面省了动词 be。后来一查原书，却是名词前面漏了几个字，原句是“I made up my mind to do something”。钱先生应该看过原书，他的解释虽然不能算错，但这说明他的记忆并不能像照相机一样准确无误。

我为什么记得这一句呢？原来和我同上钱先生“大一英文”课的，有一个漂亮的女同学，名字是周颜玉。那时男女同学上课并不讲话，老师也不点名，所以下课之后，师生同学之间，几乎没有什么往来，有的甚至还不认识。我想在周颜玉面前露一手，好让她认识我，就写了一封英文信给她，模仿这一句说：我一见她，“my mind to make your acquaintance”——结果没有回音。周颜玉真是名副其实，有点像电视剧《漂亮女孩》中的女主角，她身材不如女主角高，脸却更加漂亮。《吴宓日记》1939 年 8 月 7 日中有记载：“前数日，于城门遇周颜玉，着橙红色衣，盛施脂粉，圆晶轻小，如樱桃正熟。偕其未婚夫行。今又遇于凤翥街口，着月色衫，斜垂红带，淡施脂粉，另有一种轻艳飘洒之致。与其夫购晨餐杂品。宓甚感其美云。”原来她已经有未婚夫了。六十年后，她和丈夫住在台湾，我写信给她谈到往事。她迟到的回信说：“我已是发苍苍、视茫茫的老妇，恐怕你已认不出来了。”又说：“我是 1938 年进外文系，后转入社会系。吴宓老师的‘西洋文学史’我只读了一学期。记得有一次因为下雨，我弄脏了他的笔记本，吓坏了。同学告诉我吴老师很爱清洁，他会骂人。结果还好，他只微笑不说话，我松了一口气。”还说：“我在联大时，从未单独见过他，也未曾说过一句话。我也不是出色的好学生，蒙他抬爱（请我们吃饭），受宠若惊。最近我没照片，下次定会寄一张给你。不过白发老妇，请不要吓倒。”我还没有得到她的照片，所以在我心中，她还是当年同上钱先生“大一英文”课时坐在我旁边的那个“圆晶轻小”的女同学。

4 月 3 日,钱先生讲的课文是《一对啄木鸟》。他用戏剧化、拟人化的方法,把这个平淡无奇的故事讲得有声有色,化科学为艺术,使散文有诗意,已经显示了后来写《围城》的才华。他讲“树叶”一词,也可以和叶先生讲“补丁”媲美。他不但对词汇作感性分析,还对句子作理性分析。如 4 月 21 日他讲欧文的《孤儿寡母》,课文中出现了双重否定。钱先生就解释说,双否定有时是负负得正,有时却是加强否定,具体情况需要具体分析。

叶先生说幽默是看出事物本身的矛盾,他欣赏兰姆《论烤猪》的幽默。其实,为了要吃烤肉而把野猪藏身其中的树林烧掉,只是小题大做;把吃烤肉的故事叫作论文,也是小题大做。钱先生欣赏雅俗共赏的幽默,如 4 月 28 日讲的《打鼾大王》:卧车上有人鼾声如雷,吵得旅客一夜不能入睡,大家怒气冲冲想要报复。不料清晨卧车门开,走出来的却是一个千娇百媚的妙龄少女,于是大家顿时怒气全消,敌意变成笑意,报复变成讨好。这也写出了人性本身的矛盾,钱先生讲得自己也笑了起来。5 月 11 日的英文作文题是《吃得太多的一个好结果》,我就模仿这篇课文写道:一个人吃得越多,就睡得越死,打鼾也越厉害,即使他的妻子在隔壁和人偷情也不知道。他在梦里和他的妻子谈话,却听不见她在隔壁和人谈情说爱。等到他的妻子听见他不打鼾了,立刻从隔壁房间跑过来,给他一个甜吻。他感到非常满意,觉得自己是世界上最幸福的人了。我希望我的作文能够博得钱先生一笑，但改作文的是助教，钱先生看也没有看到。

从5月起，钱先生讲的主要是论说文，如5月15日讲《大学教育的社会价值》，说到大学教育的目的是“知人”，使我更了解西方的“民主”。5月22日讲的《自由与纪律》，大意是说：人只有做好事的自由；如果做了坏事，就要受到纪律的制裁。这使我对“自由”的了解，又深入一步。6月12日小考的时候，他只要求我们一小时写一篇英文作文，题目却不容易：《世界的历史是模式的竞赛》。和叶先生比起来，他重质，叶重量；他重深度，叶重广度。

“大一英文”期末考试时，周基堃坐在我右边，看得见我的答案。他就在我的基础上进行加工，结果考试成绩比我还好，把我气得要命。我本想在钱先生班上考第一，给他留下一个好印象。不料改考卷的还是助教，钱先生学期一结束，就离开联大了。不过塞翁失马，焉知非福？我从周基堃那里也学到了加工的一手，后来把外国人用散体翻译的中国诗词改成韵体，结果就青出于蓝而胜于蓝了。

钱先生在联大还为外文系高年级学生开了两门选修课：“欧洲文艺复兴”和“当代文学”。听过课的许国璋学长说：“钱师讲课，从不满足于讲史实、析名作。凡具体之事，概括带过，而致力于理出思想脉络。所讲文学史，实是思想史……盖一次讲课，即是一篇好文章，一次美的享受……钱师，中国之大儒，今世之通人也。”他英文写得好，主要是因为学了钱先生。

总而言之,钱先生对我们这代人的影响很大,指引了我们前进的道路。他在联大只有一年,外文系四年级的王佐良学他,去英国牛津读了文学士学位,译过《彭斯诗选》《雷雨》等;杨周翰学了比较文学,成了国际比较文学学会副会长;李赋宁听了他的文学理论,主编了《英国文学史》;许国璋学他写文章,讲究用词,出版了畅销全国的英语读本;三年级的周珏良做过外交部翻译室主任,参加过《毛泽东诗词》的英译工作;查良铮(穆旦)出版了《穆旦诗选》,翻译了普希金、拜伦、雪莱、济慈等的诗集;二年级的吴讷孙(鹿桥)在美国华盛顿大学任教,出版了回忆联大的《未央歌》;一年级的我出版了唐诗宋词的英法译本。钱先生考试时要我们写作文,论“世界的历史是模式的竞赛”。我看联大的历史也可说是人才的竞起,不少人才受过钱先生的教诲,是他在茫茫大地上留下的绿色踪迹。

吴宓讲“欧洲文学史”

采撷远古之花兮，
以酿造吾人之蜜。

——吴宓

1939 年秋，我升入联大外文系二年级，选修了吴宓教授的“欧洲文学史”、陈福田教授的“大二英文”、莫泮芹教授的“英国散文”、谢文通教授的“英国诗”、刘泽荣教授的“俄文”和贺麟教授的“哲学概论”。

关于吴宓，温源宁在《一知半解》中有非常生动的剪影：“吴宓先生真是举世无双，只要见他一面，就再也忘不了。……吴先生的面貌呢，却是千金难买，特殊又特殊，跟一张漫画丝毫不差。他的头又瘦削，又苍白，形如炸弹，而且似乎就要爆炸。……他脸上七褶八皱，颧骨高高突起，双腮深深陷入，两眼盯着你，跟烧红了的小煤块一样——这一切，都高踞在比常人长半倍的脖颈之上；那清瘦的身躯，硬邦邦，直挺挺，恰似一条钢棍。”

关于吴先生的为人，温源宁接着说：“他以学识自豪，他的朋友们也因这位天生的名士而得意。他绝不小气，老是热心给别人帮忙，而又经常受到某些友人和敌人的误解；对别人的良好品德和能力，他有点过于深信不疑；外界对他有意见，他也过于敏感。这样，对自己也罢，对外界也罢，吴先生都不能心平气和。”吴先生的学者风度，可以从他对钱锺书的评论中看出。钱锺书是他的学生，他却能虚怀若谷，慧眼识英雄，可见他是多么爱才若渴！我自己也有切身的体会。1940 年 5 月 29 日，我在日记中写道：“上完‘欧洲文学史’时，吴宓先生叫住我说：‘我看见刘泽荣先生送俄文分数给叶公超先生，你小考一百分，大考一百分，总评还是一百分，我从没有见过这样好的分数！我从没见过这样好的分数！’”吴先生是大名鼎鼎的老教授，这话对一个十九岁的青年是多大的鼓舞！我当时就暗下决心：“欧洲文学史”一定也要考第一。结果我没有辜负吴先生的期望，但却因为搬动讲桌后没有搬回原处，挨了他一顿批评。

关于吴先生的年龄，温源宁写道：“他实际不到五十岁，从外表上看，你说他多大年岁都可以，只要不超过一百，不小于三十。他品评别人总是扬长避短，对自己则从严，而且严格得要命。他信奉孔子，在人们眼中是一位不折不扣的孔门学者。他严肃认真，对人间一切事物都过于一丝不苟,采取了自以为是的固执态度。”他品评别人扬长避短,如对我的好评就是一例。他过于严肃认真,如为了讲桌批评我们一顿也是例子。他的一丝不苟,首先表现在他的书法上。他写中文非常工整,从来不写草字、简字;他写英文也用毛笔,端端正正,不写斜体,例如S和P两个字母,写得非常规矩。五十年来,我一直模仿他的写法。其次,他的一丝不苟还表现在排座位上。联大学生上课,从来没有排座次的,只有吴先生的“欧洲文学史”是例外。他安排北大、清华、南开的学生坐前排,于是在美国《诗刊》上发表过英文诗的李廷揆(北大)、后来翻译出版了《红与黑》的赵瑞蕻(南开)就坐在第一排。赵的未婚妻杨静如(杨苡,后来翻译出版了《呼啸山庄》)按学号应该坐在后排,但吴先生却照顾她坐在赵旁边,可见他还是古典主义和浪漫主义相结合的。我坐中排,左边是名副其实的美人金丽姝,右边是国际建筑大师林同炎的未婚妻、联大校花高训诠,真是“才子佳人”济济一堂。

关于教学,温源宁接着说:“作为老师,除了缺乏感染力之外,吴先生可说是十全十美。他严守时刻,像一座钟,讲课勤勤恳恳,像个苦力。别人有所引证,总是打开书本念原文,他呢,不管引文多么长,老是背诵。无论讲解什么问题,他跟练兵中士一样,讲得有条有理,第一点这样,第二点那样。枯燥,容或有之,但绝非不得要领。”关于背诵,我是受益匪浅。上课时,我一听到老师照本宣科,就会心不在焉。因为照本宣科不能融入自己的感情,不能引起听众的兴趣，不能产生心灵的交流，不能使听众受到感动，所以多半失败。吴先生讲课则有条有理。我还记得他讲到英国五大浪漫主义诗人时说：华兹华斯是自然中见新奇，柯勒律治是新奇中见自然，拜伦是表现自我的诗魔，雪莱是追求理想的诗神，济慈是沉醉于美的诗人。真是要言不烦，一语中的。吴先生不但自己背诵，也要求我们多背诗。考清华研究院外国文学研究所有一个必考的题目，就是默写一首你最喜欢的英文诗。我考试时，曾把雪莱的《云》的八十四行一百二十二韵，从头到尾默写出来。这不但使我考入了清华研究院，更重要的是，为我后来把中国古典诗词译成英文打下了一个良好的基础。如果不背英文诗，翻译诗词是难以想象的。回忆起来，这不得不归功于吴先生的教导。

最后，温源宁作结论说："一个孤独的悲剧角色！尤其可悲的是，吴先生对他自己完全不了解。他承认自己是热心的人道主义者、古典主义者。不过，从气质上看，他是个彻头彻尾的浪漫主义者，……他赞赏拜伦，是众所周知的。他甚至仿照《哈罗尔德公子》写了一篇中文长诗，自相矛盾。然而，谁也不觉得这是个闷葫芦，除了他自己！"在我看来，吴先生是古典主义的外表，却包含着浪漫主义的内心。前面提到，我们搬动讲桌没有搬回原处，在他看来，这是违反了"尊师重道"的古典主义原则。即使从浪漫主义的观点来看，也是不可原谅的，所以他批评了我们一通。而杨静如坐到赵瑞蕻旁边，虽然也不合乎"论资排辈"的原则，但却有一点浪漫主义的精神，所以他就通融处理了。这种例子很多，如欧洲文学中，他最推崇希腊的古典文学和近代的法国浪漫主义文学。他讲中世纪的文学，最推崇但丁的《神曲》。《神曲》中游地狱的向导是古典主义诗人维吉尔，游天堂的向导却是但丁一见钟情的美人贝雅特丽齐。他讲法国文学，最推崇卢梭的《忏悔录》，最爱读卢梭牵着两个少女的马涉水过河那一段，认为那是最幸福的生活、最美丽的文字。他讲英国文学，最赞赏雪莱的名言——爱情好像灯光，同时照两个人，光辉不会减弱。由此可见他浪漫主义的内心。

吴先生讲"欧洲文学史"，其实也讲了"欧洲文化史"，因为他讲文学也将哲学包括在内。如讲希腊文学，他却讲了苏格拉底、柏拉图、亚里士多德。后来他为外文系三年级学生开"欧洲名著"，讲的就是《柏拉图对话录》。他最善于提纲挈领，认为柏拉图思想中最重要的是"一""多"两个字："一"指抽象的观念，如方、圆、长、短；"多"指具体的事物，如方桌、圆凳、长袍、短裤。观念只有一个，事物却多种多样。柏拉图认为先有观念，然后才有事物。如果没有方桌的观念，怎么能够制造出方桌来？他还认为观念比事物更真实，因为方的东西、圆的东西，无论如何也没有方的观念那么"方"，没有圆的概念那么"圆"。因此，一个人如果爱真理，其实是爱观念超过爱事物，爱精神超过爱物质。这就产生了柏拉图式的精神恋爱观——这后来对我产生了不小的影响。但是观念存在于事物之中，"一"存在于"多"中，所以爱观念不能不通过事物或对象。而对象永远不能如观念那样完美、那样理想，因此，恋爱往往是在“多”中见“一”，往往是把对象理想化了。但理想化的对象一成了现实中的对象，理想就会破灭。因此，没实现的理想才是完美的。但丁终身热恋贝雅特丽齐，正是因为她没有成为但丁夫人啊！

吴先生还为外文系四年级学生讲作文和翻译。我第一次听他讲翻译是1939年暑假在昆华工校的大教室里。记得他的讲话充满了柏拉图“多中见一”的精神。他说，翻译要通过现象见本质，通过文字见意义，不能译词而不译意。其实，他说的词就是后来乔姆斯基所谓的表层结构，他说的意就是所谓的深层结构。不过他是言简意赅，没有巧立名目、玩弄字眼而已。

他讲英文作文，还是强调背诵、模仿。也就是说，要我们背熟一篇名作，然后模仿写篇作文。在他的教导下，我模仿莎士比亚的《哈姆雷特》和塞万提斯的《堂吉诃德》，写了一篇叫作《吉诃雷特》的故事，现在摘译于下：

> 吉诃雷特年轻漂亮，身材高大，脸色红润，但是走起路来，眼睛不是朝下就是朝上，从来不正面看人。他讲究穿着，衬衣领子雪白，衬托得领带的色彩更加鲜艳。每次走过橱窗，他总要看看自己的身影。如果看到别人穿着比他更加讲究，他也并不羡慕，因为他认为金玉其外的人，往往是败絮其中——其实，人虽不可

貌相，外表和内心也不一定是成反比的。

他总是以己之长比人之短，所以觉得自己高人一等，不把别人放在眼里。但是一个月夜，他在湖滨舞会上认识了秀外慧中的南茜，却又自惭形秽了。那夜的月亮发出了银光，使湖水看来像融化了的碧玉；而南茜的眼睛却比明月更亮，她的笑容比湖水更美。他们共舞的时候，他沉醉在湖光月色、秋波笑影之中，几乎是神魂颠倒了。更使他喜出望外的是，南茜接受了他的约会。这幸福的代价，就是一个不眠之夜。

他和幸福之间，只隔几个明天，但他却觉得度日如年，时光好像是爬行的蜗牛。等到那个明天变成了今天，他就穿上他最好的衣服去赴约。不料他外表越讲究，内心却越空虚。他说起话来语无伦次，做起事来手足无措。他越想显示自己，反而越显得笨拙。他的确是金玉其外，败絮其中。于是这第一次约会，也就成了最后一次约会。

但他爱得不深，苦恼也不长久。他又去书中寻找安慰，因为“书中自有颜如玉，书中自有黄金屋，书中自有千钟粟”。他幻想自己成了有“黄金屋”和“千钟粟”的外交官，自然不愁没有“颜如玉”了。他就这样自我安慰，取得了精神的胜利。

哈姆雷特是思想的巨人，行动的矮子；堂吉诃德却是思想的矮子，行动的巨人。我写《吉诃雷特》，本来要写半个堂吉诃德，半个哈姆雷特，也就是说，一个思想上和行动上的矮子。结果却是“画虎不成”，写得有点像在模仿《罗密欧与朱丽叶》中的楼台会了。我还模仿雪莱的《云》的格式，写了一首吉诃雷特献给南茜的英文诗，现在翻译如下：

我驾着小舟在湖上漫游，
湖水如梦如醉；
夜深人又静，月色明如镜，
教我如何入睡？
星星在天上闪烁着微光，
好像你的眼睛；
微风轻轻吹，流水去不回，
流过了我的心。
波浪拍湖岸，是我的呼唤，
使水不断荡漾；
假如陪着你，我多么欢喜，
哪怕只是想象！
但是谁知道：湖水这么好，
下面却有旋涡？
谁能够料想：美丽的女郎
心里却没有我！
没有我也罢！我愿做傻瓜，

沉湎在旋涡里；
哪怕你说谎，我也愿上当，
只要使你欢喜！
我带着恐惧，但只好离去，
去到海角天涯；
假如你后悔，我立刻就会
不再四海为家！

吴先生看了我的作文，说是他不喜欢我描写的人物，但是英文写得还好，善于模仿前人用词造句；写诗也是有韵有调，读来朗朗上口，于是给了我八十分。我在吴先生班上只写了这一篇作文。1941 年 11 月，美国志愿空军飞虎队来华对日作战，需要大批英文翻译，联大外文系四年级男生（除吴讷孙外）全部应征服役，我就离开了联大。

1942 年秋，我回联大复学，又选修了吴先生开的“文学与人生”。他说：“文学是人生的精华，哲学是气体化的人生，诗是液体化的人生，小说是固体化的人生，戏剧是固体气化的人生。哲学重理，诗重情，小说重事，戏剧重变。小说包含的真理多于历史，所以小说比历史更真，我们可以从小说或文学中了解人生。”又说：“孔子注重理想生活（精神），对于实际生活（物质），则无可无不可。他有自己的事业与幸福（义），所以轻视外在的环境和物质的享受（利）。”吴先生的儒家思想深深地影响了我们这一代外文系的学生。

柳无忌讲“西洋文学”

柳无忌先生1907年生于江苏，是爱国诗人柳亚子先生的长子。他五岁时开始熟读《左传精华》《史记》《古文观止》《诗经》《唐诗三百首》等，并能背诵全部诗文。高小时开始读旧小说《三国》《水浒》《说唐》《征东》等历史故事，《西游》《封神》等神话小说，《包公案》《彭公案》等侦探小说，《七侠五义》《小五义》等武侠小说，觉得这些紧张奇异的故事，非常引人入胜。那时他年纪太小，对书中绘声绘色的描写和诗词韵文却认为是多余的，对《红楼梦》等小说也不感兴趣。在高小时，他开始读英文，生字学了不少，并死背过《纳氏英文法》的定义。暑假期间他还请了上海沪江大学的女学生做家庭教师，补习英语。柳无忌在《古稀人话青少年》一文中说，教师的“英文程度好，读音准，软熟的吴音英语确是悦耳好听，实使幼年的我为之神往不止”。这就使他从小打好了英语的基础。那时他还读过林纾翻译的西洋小说，如《鲁宾逊漂流记》《双城记》《块肉余生记》等。但最使他向往的是“一连串福尔摩斯的侦探小说，故事情节的奇异有如公案”，后来他又读了一些原文小说，这更使他打好了英文文字的基础。

高小毕业之后，柳无忌进了上海圣约翰青年会学校，学习两年。他成绩最好，得到好多奖章奖状，以第一名获全部奖学金入圣约翰中学。那时最使他骄傲的，是他的英文程度已经高出上海洋学堂出来的学生。在圣约翰中学和大学读书时，许多老师都是外国人。国文教师是中国人，在教会学校不受重视。直到他大一时，来了一位国学大师钱基博，是钱锺书的父亲，才受到大家的尊敬。柳无忌在《古稀人话青少年》中说：“那时我也起始大量阅读新文学书籍，最喜好一些有浪漫与感伤成分的作品，如郁达夫的《沉沦》，郭沫若的《落叶》与翻译的《少年维特之烦恼》。这时的新诗我并不欢喜，以为《尝试集》旧诗的味道太重，而与此相反的《女神》又太洋化，混杂了好些外国字与西洋典故，不易消化。康白情与俞平伯的新诗，不过平平白白而已。至于汪静之的爱情诗，行句中大量的‘接吻’，颇为新颖，但怎么能说是诗呢？正如张资平的三角恋爱故事，以投合一般读者的低级趣味为能事，如何能说是小说呢？”由此可见他在学生时代已经养成了文学批评的精神。

1925 年，上海发生了“五卅惨案”，圣约翰大学的学生罢课，提出抗议。那时柳无忌十八岁，悲愤地离开了学校。

幸亏清华学校准备改为大学，需要资金，凡愿捐赠五千元的家长可以送子弟入学。这样，他就插班入了清华大学三年级。他的同班同学后来成了联大外文系教授的有赵诏熊、陈铨、吴达元、杨业治等；比他高两班的有闻一多、梁实秋、孙大雨、顾毓琇等。那时教他国文的是朱自清，他写了一篇两万多字的论文，比较李白和杜甫，得到朱先生的赞赏。当时清华最有名的教授是梁启超和王国维。他问梁先生：《班定远平西域记》的作者曼殊室主人是不是苏曼殊？不料梁先生告诉他，他本人就是《平西域》剧本的作者。至于王国维，柳无忌因为受了新潮流的影响，对他并没有好感，尤其不满意他那条象征奴才的辫子。但在这些新老教授和同学的熏陶之下，柳无忌成了学贯中西的知识分子。

对于清华大学，柳无忌认为梅贻琦校长的贡献远比其他校长大。他在《张梅两校长印象记》一文中说，1908 年，“梅贻琦考取首批清华庚款留美学生，比张彭春、胡适、赵元任早一年”“清华能在 1930 年到 1940 年追上北大，同为中国最高学府（联合大学期间，就是在文学院方面，清华也足与北大抗衡，而理工学院更优越于其他学校），梅校长是数一数二的功臣”。

柳无忌在清华毕业后，1927 年去美国留学，先后入了劳伦斯大学和耶鲁大学。他在耶鲁的同学后来成了联大历史系教授的有皮名举。在耶鲁时，柳无忌一天只吃两顿——早餐与晚餐，偶尔饿了，就到附近一些点心店吃一点东西充饥。他最爱好英国浪漫派诗人，特别是雪莱。他自己的诗文也深受浪漫派的影响，情感奔放，风格华丽，花样繁多，描写细致。他在耶鲁的博士论文就是研究雪莱当年与死后在英国的文学名声的。1931年取得博士学位后，他去伦敦游学，和朱自清先生同住在“维多利亚时代的上流夫人”家里，并同夫人小姐共进早餐晚餐。他去伦敦西部参观了雪莱的故居。那是一个小镇，很少有外国人去，故居大门紧闭，只在门口有一个小牌子标明。他更喜欢去浪漫诗人济慈的故居，济慈曾在那里为他热爱的情人写下了一些有名的诗篇，留下了一些遗物和诗稿。据说有一天晚上济慈听到了夜莺的鸣声，沉浸在想象之中，忘却了生命的孤寂与悲哀，就写下了那首不朽的《夜莺曲》。柳无忌是在伦敦结婚的，婚后还同朱自清去瑞士游了雪山。登山的费用太大，要花半个月的清华官费，结果只有朱先生一个人登上了少妇峰。他们三人还同去了意大利，参观了庞贝古城的遗迹，玩得很好，增加了不少见闻，然后三人乘船经红海和印度洋回国。

1932年起，柳无忌任南开大学教授，是第一位外文系主任。1937年卢沟桥事变，南开与北大、清华迁到湖南，成立长沙临时大学，文学院在南岳。柳无忌写了八十天的《南岳日记》，是非常难得的历史文献。现在摘抄如下：

11月16日　功课已排就。我有“英国文学史”“英国戏剧”“现代英国文学”三门，共八小时。功课并不轻，将来就要忙碌了。

11 月 19 日　昨日开学。今晨 7 时起，上“英国戏剧”及“文学史”二课。戏剧班有学生三十余人，文学史班到十四人，没有书可读，没有书参考，连黑板都没有，……下午及晚上读戏剧二部：易卜生之《国民公敌》……剧中有名句曰：“世上最强之人，亦即最孤独之人。”

11 月 24 日　编“英国戏剧”讲义，此将为我在山之主要工作。阅《金库诗选》，诵拜伦、雪莱诸诗，……这几首诗十几年前都熟读能背诵，今则已生疏了。

12 月 1 日　日来饭食甚佳，真乃“人生一乐”。同事容肇祖作打油诗数首，套时在此楼居住之人士，颇饶兴趣，借录如下：

冯阑雅趣竟如何（冯友兰），闻一由来未见多（闻一多）。

性缓佩弦犹可及（朱佩弦），愿公超上莫蹉跎（叶公超）。

鼎沈洛水是耶非（沈有鼎），秉璧犹能完璧归（郑秉璧）。

养士三千江上浦（浦江清），无忌何时破赵围（柳无忌）。

从容先着祖生鞭（容肇祖），未达元希扫虏烟（吴达元)。

久旱苍生望岳霖(金岳霖),谁能济世与寿民(刘寿民)。

汉家重见王业治(杨业治),堂前燕子亦卜孙(燕卜孙)。

(此绝冯芝生作)

用人买物归，为我购得鸡子三十六枚，橘子三十九只,花生一大包,共费洋一元。

12月11日　太阳好,星期六,正是游山天气,名胜美景,固不可不游,但游后兴尽而归,亦不过如是。唯有将此胜景留在想象之中，使成为甜蜜的欲望,欲望既未能达到,甜蜜遂长存于心头,不时憧憬之,嚼玩之,其味乃无穷矣。

12月14日　公超自长沙返,带来我的衣服、书、讲演稿一大包,大乐。

12月22日　搬至下面宿舍居住,四人同房(我们的房间是佩弦师、江清、皑岚及我),一室四床、二桌、四椅,无徘徊余地了。

今日校中公布空袭警报规定。九时三刻在戏剧班上课,忽闻机声轧轧甚近。教室外学生走动甚多,听讲者面呈不安色。告以如愿者,可以自由离室,但无人出去,结果仍维持至九时五十五分散课。安然无事。

1938年元旦　昨晚在山中。参加文学院师生联欢会，还算热闹。散会后与佩弦师、江清、雪屏作桥戏，共三局，至十二时一刻，已到今年，始睡。

1 月 17 日　今日有消息：临大迁昆明事已做最后决定。据云下月初即开始搬校，学生步行经贵阳去滇，教授可以自由行动，定于 3 月 15 日在昆集会。

1 月 20 日　大睡之下，九时起，无课一身轻。考试结束，教务已毕。

从《南岳日记》看来，文学院不是 11 月 1 日开学，而是 11 月 18 日才开始上课，第二年 1 月 20 日就结束的。前后只有两个月多一点，物质条件贫乏得不得了，精神状态却可以说是了不得，所以学校办成了世界一流大学。

1938 年，学校迁到昆明，改名国立西南联合大学，外文系主任是叶公超。据柳无忌说，叶主任是无为而治，他不记得外文系开过系务会议。但叶主任分配柳先生教 N 组“大一英文”时（杨振宁和我都在这一组），柳先生没有来，却是叶先生代他上课的。可见叶先生是有所不为而有所为的了。

柳先生在联大开了“英国文学史”和“西洋戏剧”等课。讲文学史时，他第一谈到希腊艺术的影响，希腊人把形式美和人体美看成至上的理想，所以文学要争取美的形式。第二他谈到基督教如何影响西方人对人生的态度，这种态度又如何表现在文学中。如对圣母玛利亚的宗教热忱扩大成了对一切妇女的尊敬，到了乔叟诗中，更成了对女性的浪漫憧憬和为情人忍受一切牺牲的理想。到了斯宾塞的《仙后》中,仙后就成了代表一切理想的美德,几乎和圣母一样值得崇拜。从此以后,恋爱成了文学的主题。第三他谈到最近一百年来,欧美可以说是成了科学世界。达尔文的进化论动摇了宗教信仰,浪漫的气氛消失了。科学对文学的写作方法起了决定性的影响,主要表现在写实主义和心理分析上,这从乔伊斯和伍尔夫等的作品中都可以看得出来。总之,柳先生认为希腊的审美观、基督教的教义、科学的人生观是支持西洋文学的三大支柱。

至于西洋戏剧,柳先生把典型的五幕剧归纳如下:

第一幕叙述背景,供给剧情。

第二幕动作起始,故事发展,事态变为复杂。

第三、四幕危机,奇情,以至顶点。为全剧最紧张亦最动人的部分。

第五幕动作松弛,剧终幕下。

1940 年,叶公超离开联大,去新加坡任外交部专员,外文系主任之职,由柳无忌代理。到了秋天,柳先生也离开联大,到重庆中央大学去了。在中大时,他编了一套《现代英语》,联大先修班也曾采用。书中有些课文是其他课本没有采用过的, 如《手》(*The Hand*)、《隐痛》(*Invisible Wound*)、《赌》(*The Bet*)等,很有新意。如《手》中说笔和枪都是手的延伸。《赌》讲一个故事,说富翁和一个穷书生打赌,如果书生愿在监狱中关上十年,出狱时富翁愿给他十万元。不料期满之前富翁破产了,要去谋杀书生;更不料书生在狱中读书大彻大悟,不到期就出狱了,不要十万元却保住了性命。《现代英语》的编写为柳无忌后来的编书工作打下了良好的基础。

1946 年抗战胜利后，柳先生再度去美国。他主要在印第安纳大学教中国文学,和五十多位中美师生合编了一本中国三千年诗选,书名是《葵晔集》(*Sunflower Splendor*)。今天美国各大学的中国文学教授，多半都是该书的合作者，如哈佛大学的海陶玮(High Tower)、宇文所安(Owen)、加州大学的韦斯特(West)、北卡州立大学的克罗尔(Kroll)、印第安纳大学的布赖恩特(Bryant)等人。而柳先生是该书的主编,所以可以说他是中美文化交流的一大功臣。

2002 年 10 月,柳先生以九十五岁高龄辞世。在联大外文系已故的教授中,除温德先生(Winter)外,他是享寿最高的。他在联大和美国的学生,正在继承他所参与开发的中西文化交流事业,使世界文化变得更加灿烂辉煌,以告慰柳先生在天之灵。

吴达元讲法文

吴达元先生是我的第一个法文老师。我今天能把法国文学名著译成中文，又把中国古典诗词译成法文，首先要感谢的是吴先生。

1938 年，我考入西南联大外文系，主要是学英文。二年级开始学第二外国语，我因为在中学时受到鲁迅等作家的影响，所以选修了刘泽荣教授的俄文。三年级再学第三外国语，才选修了吴先生的法文。

吴先生是联大著名的教学认真、要求严格的法文教授。他教法文时，先发一张法语读音表，用国际音标注明法语元音和辅音的读法，当堂带读，第二天上课时检查每个学生的发音。这样我们只用了六个学时，见到一个法文词汇，就知道如何读音了。法语鼻音和英语有所不同，吴先生教我们记住“un bon pain blanc”（一块白面包）的读法，使我们很容易就掌握了英语和法语的差别。

学完读音之后，我们开始学习法语语法，使用的是弗雷泽（Frazer）和斯夸尔（Square）用英文写的法文读本。记得每课只讲一个语法现象，同时要记住几十个法文词汇。课文分两部分：第一部分是法文，吴先生当堂讲解，译成英语；第二部分是英文，吴先生要我们在课外准备，把英文译成法文，第二天上课时检查。这样每星期三课时，学习一年之后，基本掌握了法语语法和一千多个词汇，为进一步学习打下了良好的基础。

吴先生的法文班上人才济济，主要是外文系二年级的学生：女同学中有全校二年级总分最高的林同珠、后来把《周恩来诗选》和《毛泽东诗词选》译成英文在美国出版的林同端、清华大学梅校长的女公子梅祖彬。男同学有后来成为美国志愿空军通译组主任的赵全章、得过宋美龄翻译奖的巫宁坤、后来在美国大学培养了不少教授的卢飞白等。历史系二年级的则有巴金的未婚妻陈蕴珍（即萧珊）、萧乾的未婚妻王树藏、历史系的系花陈安励等人。最著名的是数学系二年级的王浩，他 1983 年得到“数学定理机械证明里程碑奖”，据说等于数学界的诺贝尔奖。这些同学后来各有不同的成就，但谈起当年学到的法文知识，没有一个不感谢吴先生的。

吴先生对学生非常严格，对好学生也不客气。如果回答不出问题，就要受到批评。有个经济系二年级的学生吃不消，怕在女同学面前丢面子，上了几堂课就退选了。我是外文系三年级的学生,比其他同学都高一级,成绩自然不能落后。于是我就反守为攻,在课堂上用法语提问,显得自己与众不同。第一次小考时,我又交了头卷,不料发下卷子一看,只得了九十九分,因为有一个不规则动词的未来时态拼错了。但是这个动词当时还没有学到,我就去找吴先生,说这一分不能扣,是考题出错了。不料吴先生却说:不规则动词的时态变化书上都有,自己为什么不去查?有的同学(如王浩)查了书,就答对了。由此可见吴先生的要求严格,考试还要检验我们的自学能力。

吴先生除了教我们第一年法文之外,还教第三年的法文,并为清华大学外文系培养了第一个法文研究生——李赋宁。李赋宁研究的是法国作家莫里哀的喜剧,在我念第一年法文的时候,他在清华大学研究院毕业。当时清华研究院的规定是:研究生论文答辩的出席人,除本校本系全体正教授外,还要邀请本校外系两位正教授和外校本系一位正教授参加。因此,闻一多教授代表本校中文系、邵循正教授代表本校历史系、闻家驷教授代表外校(北京大学)外文系参加了论文答辩会,他们分别用英语和法语问了几个问题。当时清华大学文学院院长冯友兰教授也出席了答辩会(清华规定院长必须参加)。清华外文系教授出席的,除系主任陈福田教授外,还有吴宓教授、陈铨教授、杨业治教授以及美国教授温德先生,而研究生导师就是吴达元先生。答辩会检验了研究生的英法语言能力和文学知识,后来李赋宁成了北京大学西语系主任。

1944 年，我也考入了清华大学研究院外国文学研究所。那时昆明物价飞涨，研究生一年只发一千元的辅助费，根本不够维持生活，哪里能安心做研究工作？吴先生那时代理清华外文系主任，了解研究生的情况，就让我在外文系兼任半时助教，教了一班英文。但我因为入不敷出，还是不得不中途退学，辜负了吴先生的一番好意。

1946 年，法国和中国交换研究生，在中国举行考试。那时我只学了两年法文，还在课外写了一些法文日记，就凭吴先生教会的这点法文知识，居然考了法国文学第四名。第一名是王道乾，是吴先生在中法大学教过的学生，公费出国。第四名只能自费留学。到了法国，我每天突击记一百个生词，两个月就记住了六千个。经过测试，我居然胜过学了十年法文的中国留学生，已经能读莫泊桑的《水上》、纪德的《窄门》等法文作品了。吴先生是法国里昂大学的“licencié”（吴先生自译为文学士，也有人译为硕士），和法国大学生一同学习法国文学，通过考试，其难度就像外国留学生到北京大学来读中国文学系一样。我本来想在巴黎大学读“licencié”，后来知难而退，只写了一篇研究法国剧作家拉辛的论文，通过答辩，得了一张巴黎大学文学研究文凭，就回国了。

1950 年我回国时，吴先生是清华大学外文系主任。我在国外听杨业治先生说，吴先生在研究法国进步作家阿拉贡（Aragon），我就带了一本阿拉贡的作品送他。他那时要求进步，是知识分子改造的典型代表，常在《人民日报》发表文章。一见到我，他就告诉我说：国家非常需要外语人才，在北京西苑成立了一个外国语学校，法文系主任韩惠连是清华大学外文系教授盛澄华的夫人。他介绍我去外国语学校。这样，我回国不久，就开始了教学工作。

吴先生不但热心帮助我，也一样帮助别的学生。北京大学教育系毕业的李廷揆从法国回来，同我去清华看吴先生。吴先生也介绍他去外国语学校，后来李廷揆成了北京外国语学院法文系主任，这也是吴先生的举荐之功。李廷揆同我去看吴先生时，碰到钱锺书先生夫妇也来吴先生家。钱先生是吴先生毕业那年考入清华的，吴先生是我的法文启蒙老师，钱先生却是肯定我诗词英译的第一人，他们二位关系很好。后来我在中英、中法互译方面，出版了多部作品，首先要感谢他们二位。

吴先生除了教学之外，1939年开始编《法国文学史》。1964年，他和杨周翰、赵萝蕤合编的《欧洲文学史》由人民文学出版社出版，在全国各大学使用，影响很大。此外，他还译了法国十八世纪作家博马舍的《塞维利亚的理发师》和《费加罗的婚礼》。费加罗是伯爵的仆人，帮助伯爵冲破了老医生的提防，和医生的养女结了婚，所以剧名又叫《防不胜防》。伯爵结婚后却又诱骗费加罗的未婚妻，费加罗挫败了他的阴谋。戏剧结尾时说："人民受着压迫，他们就会诅咒,会怒吼,会行动起来。”从吴先生的译文中,也可以看出他的进步思想。所以不但在语文知识方面,而且在做人的品格方面,吴先生都给了我们这一代人不少的影响。回忆起来,吴先生真是一位令人怀念的好老师。

萧乾谈创作与译诗

一

我第一次见到萧乾先生的时间是1939年5月28日，地点是昆明西南联合大学东楼二层的一个教室。那时，萧乾从滇缅公路采访回来，经过昆明到香港去。他的小说《梦之谷》刚出版。联大高原文艺社得到消息，立刻请他来作报告，他只同意开个座谈会。谈到创作和模仿的关系，我记下了他的一句名言："用典好比擦火柴，一擦冒光，再擦就不亮了。"谈到理论和实践的关系，他说："理论，充其量只不过是张地图，它代替不了旅行。我嘛，我要采访人生。"

那时，他只有二十九岁，已经在《梦之谷》里、滇缅路上，对人生进行过"采访"。我呢，才十八岁，还在学"画地图"。但他这两句话，给了我很大的启发。后来我"画地图"，总要问问是不是可以用于"旅行"；学习理论，总要看看能不能用于实践。尤其是关于翻译的理论，对于那些只会制造新名词、用新瓶子装旧酒、说起来叫人听不懂、译起来叫人啃不动的理论家,我只敬而远之。像萧乾"采访"人生一样,我也"采访"了前人的文学译著,取其精华,去其糟粕,结合自己的翻译实践,提出了解决中英、中法互译问题的理论。即使是典故和成语的问题,我也不肯只按"地图"走路,而是脚踏实地,看看成语是不是也像火柴一样,一擦冒光,再擦不亮。如果成语运用得当,就像打火机一样,不管再擦、三擦,都会冒出火光,那我就按萧乾这位"未带地图的旅人"给我指出的道路走。因为他说得对:"地图不能代替旅行,然而在人生这段旅程中,还是有一张地图的好。"不过,在我看来,如果地图不符合实际的地形,那么,应该修改的不是地形,而是地图。

萧乾在《珍珠米·答辞》中说:"创作家是对人间纸张最不吝啬的消费者,而诗人恰是这些消费者中间顶慷慨的。像一位阔佬,除去住宅他还要占一个宽大空白的花园,这自然会引人妒忌。但是许多场合,这位主人是应享有那片空白的,因为他的内容毕竟来得更精密深湛,使读者首肯那空白不是浪费。在那上面,诗人留下了无色的画、无声的音乐。然而倘若一首诗连着排下去同分行隔开,在意象、气韵上并没有什么差别时,霸占一座花园别人哪肯服气!"又说:"每逢看到那种除了分行和押韵之外,在辞藻意境上同散文没什么区别的诗时,我就益发难以容忍。"

这些真知灼见在我心中引起了强烈的共鸣。后来我把中国诗词译成英文、法文,都要问自己:译文中是否看得见无色的画，听得见无声的音乐？例如我译《诗经·采薇》中的名句："昔我往矣，杨柳依依。今我来思，雨雪霏霏。"看到前人把"依依"译成"softly sway"（微微摇摆），把"霏霏"译成"fly"（飞扬），总觉得"在辞藻意境上同散文没什么区别"。所以自己动手的时候，就把"依依"理解为依依不舍地流下了眼泪。恰好"垂柳"的英文是"weeping willow"，法文是"saule pleureur"，都有流泪的意思，我就把"依依"英译为"shed tear"，法泽为"en pleurs"。至于"霏霏"，我的英译全句是"Snow bends the bough"（大雪压弯了树枝），来象征给战争压弯了腰肢的士兵；法译却利用岑参吟雪的名句"千树万树梨花开"，译成"La neige en fleurs"。这样，译文可以使人看到士兵战后回家的形象，听到无声的音乐。我这种再创的译文得到了一些好评，也受到了一些责难，主要是说我不忠实于原文。我却认为忠实并不等于形似，更重要的是神似。1988年《英语世界》杂志举办的一次招待会上，我和萧乾面谈过译诗的问题。他说我的成绩很大，没有浪费那些"空白"，这给了我很大的鼓舞。

1994年7月，太平洋文化基金会举办了一次"外国文学中译学术研讨会"，邀请萧乾和我参加。我们都只作了书面发言，萧乾的发言题目是《文学翻译琐谈》，我的题目是《文学翻译何去何从》。萧乾在《琐谈》中说："我有时用温度来区别翻译。最冷的莫如契约性质的文字，……文学翻译则是热的，而译诗是热度尤其高的。这里的'热'指的当然是情感。科技翻译只能——也只准许照字面译，而文学翻译倘若限于字面，那就非砸锅不可。我认为衡量文学翻译的标准首先是看对原作在感情（而不是在字面）上忠不忠实，能不能把字里行间的（例如语气）译出来。”“一个译者（指的当然是好译者）拿起笔来也只能揣摩原作的艺术意图，在脑中构想出原作的形象和意境，经过‘再创作’，然后用另一种文字来表达。”

萧乾的发言形象生动，我在发言中更用具体的事例来和萧乾的理论相印证。例如王之涣的名句“欲穷千里目，更上一层楼”，有人认为“千里”一定要译成九百九十九加一里，才算忠实，这就是不知道翻译的冷热。如果是科技翻译，一千自然不能译成九百九，但这是文学翻译。这首《登鹳雀楼》的前两句是“白日依山尽，黄河入海流”，而太阳距离鹳雀楼只有一千里吗？更上一层楼，看得见千里外的黄河入海处吗？所以如果译成“a thousand li”，在字面上是忠实的，但并不忠实于原诗的内容。如果译出了诗人登高望远的心情，字面上也许不忠实，却译出了原作的艺术意图，反倒是表达了原诗的意境。有人又要说：登高望远不是散文吗？不错，但原诗“欲穷千里目”（望远）和“更上一层楼”（登高）对仗工整，“楼”字又和“流”字押韵，可以使人看到无形的画，听到无声的音乐。所以“登高”可以英译成“a greater height”，“望远”可以译成“a grander sight”。这样，译文既有双声，又有叠韵，还有对仗，就可以传达原诗的感情了。

我和萧乾只见过三次面，第一次在理论和实践的问题上，第二次在散文和诗的问题上，第三次在翻译的问题上，他都给了我很多启发。现在萧乾离开了我们，但他播下的种子已经开出了鲜艳的花朵，结出了丰硕的果实。

卞之琳谈写诗与译诗

卞之琳是二十世纪著名的诗人、学者、翻译家。2000年12月8日是他的九十华诞，不料他却在12月2日谢世，中国社会科学院外国文学研究所为他召开了追思会和学术研讨会。

卞先生二十世纪四十年代开始在昆明西南联大外文系任教，他当时的学生来参加追思会的有三人。两个是"九叶"派诗人杜运燮和袁可嘉，还有一个是我。我们三个人分别继承和发展了卞先生作为诗人、学者和翻译家的事业。袁可嘉和卞先生在社科院外文所工作几十年，他对现代派诗歌的研究深受卞先生的影响；而我把古典诗词译成英文、法文，却是在卞先生的启发下开始的。

袁可嘉的学弟余光中和瑞典文学院院士马悦然谈话时说："不只是音调，像杜甫《登高》里面这两句'无边落木萧萧下，不尽长江滚滚来'——无边落木，'木'的后面接'萧萧'，两个草字头，草也算木；'不尽长江'呢，'江'是三点水，后面就'滚滚'而来。这种字形、视觉上的冲击，无论你是怎样的翻译高手都是没有办法的。"但是他们却不知道，早在二十世纪四十年代，卞先生就在翻译课上把"萧萧下"译成"shower by shower"，音义双绝，使大家赞不绝口。1948年，卞先生到牛津来，我问他全句如何翻译，他说还没译好。我便根据他译"萧萧下"的方法，把这两句诗译成：

> The boundless forest sheds its leaves shower by shower;
>
> The endless river rolls its waves hour after hour.

这样，草字头就用重复 sh(sheds,shower)的译法，三点水则用重复 r(river , rolls)和 hour 的译法，表达了一点原诗的音美和形美，而这点成绩是在卞先生启发下取得的。

卞先生对翻译的贡献主要表现在莎士比亚的四大悲剧上，如《哈姆雷特》的名句：

> To be or not to be——that is the question.
>
> 朱生豪译：生存还是毁灭，这是一个值得考虑的问题。
>
> 孙大雨译：是生存还是消亡，问题的所在。
>
> 梁实秋译：死后是存在，还是不存在——这是问题。

卞之琳译：活下去还是不活，这是问题。

许国璋译：是生，是死，这是问题。

王佐良译：生或死，这就是问题所在。

方平译：活着好，还是死了好，这是个问题。

比较一下几种译文，可以说没有一种比得上卞译的。朱译"毁灭"，孙译"消亡"，一般用于集体，不用于个人；梁译异想天开，不是译界共识；许译、王译像是哲学教授讲课；方译则是讨论哲学问题，不是舞台独白。所以只有卞译最好，超过了各家。

再举一个例子，可以比较《哈姆雷特》第四幕第五场莪菲丽亚唱词的朱生豪译文和卞之琳译文：

(朱译)情人佳节就在明天，
我要一早起身，
梳洗齐整到你窗前，
来做你的恋人。
他下了床披了衣裳，
他开开了房门；
她进去时是个女郎，
出来变了妇人。
凭着神圣慈悲名字，
这种事太丢脸！

少年男子不知羞耻，
一味无赖纠缠。
她说你曾答应娶我，
然后再同枕席。
——本来确是想这样做，
无奈你等不及。

(卞译)明朝是伐伦丁节日，
大家要早起身，
看我啊到你的窗口，
做你的意中人。
他起来披上了衣服，
就马上开房门；
大姑娘进去了出来，
不再是女儿身。
我的天，我的地，哎呀，
真不怕难为情！
小伙子总毛脚毛手，
可不能怪别人，
你把我弄到手以前
答应过要结婚。
这是女的说的，男的就回答说：
现在好，只怪你糊涂，

自己来送上门！

两种译文各有千秋。总的说来，朱生豪是意译，如“情人佳节”“我要一早起身”“梳洗齐整”“来做你的恋人”。卞之琳是直译，如“伐伦丁节日”“大家要早起身”，但是也有意译，如“看我啊”“做你的意中人”。其次，朱生豪是笔语，如“一味无赖纠缠”“再同枕席”；但是也有口语，如“这种事太丢脸”“无奈你等不及”。卞之琳是口语，如“真不怕难为情”“你把我弄到手”“自己来送上门”；偶尔也有笔语，如“不再是女儿身”。第三，原诗单行无韵，双行押韵。卞译和原诗一样，朱译却单双行都押韵，用韵密度超过原诗。第四，原诗单行四个音步，双行三个音步。两种译文都是单行八字，双行六字。朱译音步和原诗基本一致。奇怪的是，主张“以顿代步”的卞之琳，理论反而没有联系实际。我倒同意他的做法，在理论和实践有矛盾时，理论应该服从实践。如果为了理论而改实践，那就是本末倒置了。

卞之琳最大的成就不在翻译，也不在理论，而在新诗的创作。他最著名的诗作是《断章》：

你站在桥上看风景，
看风景的人在楼上看你。
明月装饰了你的窗子，
你装饰了别人的梦。

前段发展了王之涣的《登鹳雀楼》:“白日依山尽,黄河入海流。欲穷千里目,更上一层楼。”王诗只是在楼上看风景,风景中没有人;卞诗却增加了在桥上看风景的人,桥上人既看风景,也被楼上人看。王诗登高望远的豪情壮语,在卞诗中成了观景人看观景人,人既是欣赏美的主体,也是被欣赏的对象,更富有人生哲学的意味。苏东坡的《题西林壁》:“横看成岭侧成峰,远近高低各不同。不识庐山真面目,只缘身在此山中。”也是前半写景,后半说理——说的是见木不见林之理。这和王之涣借景写情不同,因为景中有人。但是卞诗比苏诗更进一步:苏诗景中人只是主体,卞诗景中人却既是主体,又是客体,抒写的哲理又比苏诗更深了。卞诗后段发展了杜甫的《月夜》:“今夜鄜州月,闺中只独看。”——杜甫想象妻子独自看月,写的是殊相,是明月装饰了闺中的窗子;“何时倚虚幌,双照泪痕干?”——杜甫梦想和妻子倚窗望月,写的还是殊相,是妻子装饰了自己的梦,同时自己也装饰了妻子的梦,这就是主体客体合而为一。卞诗写的却是共相,比杜诗又更广了。

至于译诗的理论,卞之琳不赞成“信、达、雅”,认为只要一个“信”字;他不赞成直译和意译之分,认为只要一个“译”字;他不赞成形似和神似之分,认为只要一个“似”字。在这方面,我的意见不同。我觉得理论一定要受实践的检验。从上面的译例来看,“伐伦丁节”就是形似的直译,而

“情人佳节”却是神似的意译,你说哪种翻译更“信”呢?其实,直译还有程度不同的直译,意译也有程度不同的意译,如上面举的关于生和死的译例。我说卞译“活下去”那一句胜过其他译文,也是相对而言。如果在舞台上说“活下去还是不活”,观众会以为是发神经了,应该改成“死还是不死”,才像台词。因此,关于译论,我还是支持萧乾的意见。

联大往事

闻一多和陈梦家

我要通过阅读来驯服不熟悉的事物，或者通过如实反映情况的多棱镜来观察熟悉的事物，看看他人的内心世界与自己的内心世界是多么不同，或者多么相似。

罗纳德·施瓦茨

1938年的最后一天，我经过了一个月的跋山涉水、万里长征之后，终于到达了滇池之滨的昆明。走到西南联合大学的大西门外，看到巍然耸立的教学大楼，中间一栋三层，四角的飞檐朝天翘起，大有冲霄凌云之势；楼前四根石柱肩负着顶天立地的重任；东西两侧都是两层楼房，形状有如大鹏鸟的垂天之云的双翼，正在等待时机成熟，就要扶摇直上九千里了。

凌霄阁是三楼的大教室。在这里，杨振宁和我听过闻一多讲《诗经·采薇》，陈梦家讲《论语·言志》，许骏斋讲《左传·鞍之战》，朱自清讲《古诗十九首》，刘文典讲曹丕的《典论·论文》，罗庸讲《杜诗》，浦江请讲李清照的《金石录后序》，唐兰讲刘知几的《史通》，魏建功讲鲁迅的《狂人日记》等等。这一年的“大一国文”由中国文学系的教授轮流讲课，每人各讲两周，每周讲三学时，真是空前绝后的精彩。这种学习生活，我在 1939 年 1 月 10 日的日记中写过：

> 早晨，经过洒满阳光的旷野去上个三四堂课；晚间，在黑夜笼罩下的课堂里谈谈逻辑或政治。大学生活，真个别有风味。我发现自己变了：现在的我已不再是中学时代的我，中学时我希望老师不来上课，现在却唯恐老师不来；中学时有几课不太理解，现在却觉得游刃有余了。我不应该自满，但很喜欢自己的变。

我为什么唯恐老师不来上课呢？就拿闻一多先生的《诗经》来说吧。郭沫若说过，闻一多对《诗经》的研究是“前无古人，后无来者”的。他给我们讲《小雅·采薇》，最后一段和余冠英的语体译文是：

> 昔我往矣，（想起我离家时光，）
> 杨柳依依。（杨柳啊轻轻飘荡。）
> 今我来思，（如今我走向家乡，）

雨雪霏霏。(大雪花纷纷扬扬。)
行道迟迟,(慢腾腾一路走来,)
载渴载饥。(饥和渴煎肚熬肠。)
我心伤悲,(我的心多么凄惨,)
莫知我哀!(谁知道我的忧伤!)

这八行诗被誉为《诗经》"三百篇中最佳之句",传诵千古。为什么呢?因为这一段描写的是战后士兵回家途中的痛苦,但前两句并没有开门见山,反而回忆当年离家时杨柳依依不舍的情景,三四句才描绘归途中雨雪纷飞的艰苦环境。这是用乐景来衬托哀景,益增其哀的写法。而后两句又情景交融,用哀景来写哀情,更倍增其哀。第四句写天时的苦寒。第五句写征途的艰辛。第六句写身体的痛苦。第七句写内心的忧伤,如果有人分忧,忧可以减半;没有人可诉苦,苦却会增加。所以第八句更进一步,写孤独的悲哀。这样以乐衬哀,以哀增哀,再写天时、地理、人身人心,里里外外,句句深入,韵味不尽,于是就成了千古传诵的名诗了。

闻先生曾和美国白英教授合作,把中国古诗词译成英文,在英美出版。书名是《白驹集》,取自《诗经·小雅》"皎皎白驹"一诗。但白英译诗不押韵,不能再现古诗的风格。其实译文即使押韵,也不一定能传达原文之美。如余冠英的语体译文把"杨柳依依"译成"轻轻飘荡",依依不舍的情意就荡然无存了;把"雨雪霏霏"译为"纷纷扬扬",虽然"扬"

和“荡”押了韵，但原诗写归途中天气的险恶，却又无影无踪了。原诗的“载渴载饥”，余译是“饥和渴煎肚熬肠”，虽然加了几个字，却是原文形式虽无，内容可以有的，反倒译出了旅途的艰苦。那么，为什么不可以用同样的加词法，把“杨柳依依”译成“依依不舍”，甚至流下了眼泪呢？英文的“垂柳”不正叫作 weeping willow（垂泪的杨柳）么？按照同样的道理，“雨雪霏霏”也可以译成大雪把柳枝压弯了腰。这样既可以和“昔我往矣”时的“杨柳依依”前后呼应，往来对照，又可以用雨雪来象征战争，压弯了士兵的腰肢，岂不是一举两得吗？如果要用乐景衬哀，则可以把雪译成“千树万树梨花开”，更可反衬出士兵的悲哀。我认为这样才符合闻先生对《诗经》的理解，这样才能在同情士兵的痛苦中找到自我。现在把我的英译和法译抄录于后：

（英译）

When I left here, / Willows shed tear.
I come back now, / Snow bends the bough.
Long, long the way; / Hard, hard the day.
Hunger and thirst / Press me the worst.
My grief o'er flows. / Who knows? Who knows?

（法译）

A mon départ / Le saule en pleurs.
Au retour tard / La neige en fleurs.

Lents, lents mes pas; / Lourd, lourd mon coeur.

J'ai faim; j'ai soif. / Quelle douleur!

闻先生不但《诗经》讲得好,考证工作做得也很出色。他在《诗经通义》125页上说:"案古谓性的行为曰食,性欲未满足时之生理状态曰饥,既满足后曰饱。《衡门》篇曰'可以乐饥';……《候人》篇曰'季女斯饥'。寻绎诗意,饥谓性欲明甚。……且《诗》言鱼,多为性的象征,故男女每以鱼喻其对方。……《衡门》曰'岂其食鱼,必河之鲂?''岂其食鱼,必河之鲤?'……皆言鱼,又言饥,亦饥斥性欲之证。此义后世诗文中亦有之。"这样把"食色,性也"统一起来,无怪乎郭沫若说他的研究"前无古人"了。

《信息日报》上说,闻一多在文中写道:"余祖信国公天祥,军溃……被执,家属潜逃于楚北蕲水之永福乡,改文为闻。"读后我才知道闻先生是民族英雄文天祥的后代。西南联大的江西同学办了一个天祥中学,来纪念文天祥。我做教务主任时,请闻先生来讲话。闻先生说:考试的时候,老师对学生应该像家长对子弟一样,唯恐他们成绩不好。我们遵照闻先生的意见,把天祥办成了一个"师生情谊长"的学校,为云南和全国培养了不少人才。我还在当时云南省主席龙云的公馆里开联大校友会时,听见闻先生大骂蒋介石,结果给特务杀害了。2000年8月,云南要拍一部纪念联大的电视片,把闻先生的公子立雕,梅校长的公子祖彦,冯友兰先生的女儿宗璞，我，都请了去。我们凭吊了闻先生在西仓坡的遇难处及在云南师范大学的衣冠冢，觉得闻先生“横眉冷对千夫指，俯首甘为孺子牛”，真不愧为文天祥的后人。

我们也凭吊了闻先生的战友吴晗先生在府甬道的故居。吴晗是研究明史的，二十世纪六十年代吴晗写了一部《海瑞罢官》，“文化大革命”中遭到迫害，死在狱中了。

闻先生的战友受迫害致死的不止吴晗一个，还有他的学生陈梦家。陈梦家是一个诗人，在联大讲“大一国文”时，他讲的是《论语·言志》。这一篇我在中学时就读过，所以觉得游刃有余。《言志》的内容讲孔子的四个弟子：子路要做政治家，冉有要管理财政，公西华要当外交官，曾皙只喜欢游山玩水，而孔子却偏偏赞赏了曾皙。我在中学时受的教育是要立志做大事，不明白游山玩水怎么能算雄心壮志。陈先生讲解课文：“暮春者，春服既成，冠者五六人，童子六七人，浴乎沂，风乎舞雩，咏而归。”同时联系陶渊明的《时运》。现在抄下一段原文及摘抄的语体译文：

人亦有言，（人但求称心就好，）
称心易足。（心意满足并不困难。）
挥兹一觞，（喝干那一杯美酒，）
陶然自乐。（自得其乐，陶然复陶然。）
延目中流，（放眼望河中滔滔的水流，）

悠想清沂。(遥想古时清澈的沂水之湄。)
童冠齐业,(有那十几位学业完毕的莘莘学子,)
闲咏以归。(唱着歌儿修禊而归。)

这样一比,我才明白"达则兼济天下",从事军政财贸;"穷则独善其身",徜徉于山水之间的意思。

陈先生言传身教,得闲就同夫人赵萝蕤游山玩水。据说赵萝蕤原来是燕京大学的校花,追求她的人很多,她却偏偏选中了一个穷诗人,当时传为佳话。一个名叫安迪的记者采访她时问道:"有人说钱锺书先生年轻时追过您,有这事吗?"(见《记钱锺书先生》118 页)她答:"他们都这样说,其实没影儿的事。杨季康到清华时打扮得漂亮,她同钱锺书结婚,同学中只有我和梦家参加了婚礼。"我去青岛游崂山时,见到过他们夫妇的俪影,并且把上面八句陶诗译成英文:

As people say, / Content brings ease.
With wine I stay, / Drunk as I please.
I gaze mid-stream / And miss the sages
Singing their dream / Of golden ages.

吴宓和浦江清

即使是国家的要求，也决不能做任何违背良心的事。

《爱因斯坦语录》

我在中学时不但读过《论语·言志》，也读过李清照的《金石录后序》，尤其记得后面几句："余性偶强记，每饭罢，坐归来堂，烹茶，指堆积经史，言某事在某书某卷第几页第几行，以中否角胜负，为饮茶先后。中即举杯大笑，至茶倾覆怀中，反不得饮而起，甘心老是乡矣。"到联大后，日本侵略军已经占领了我的家乡南昌，就像《金石录后序》中说的："冬十二月，金寇陷洪州（即南昌）。"那时才能体会李清照的颠沛流离之苦，才能理解《声声慢》和《武陵春》中"载不动许多愁"了。

教李清照《金石录后序》的是浦江清教授。他曾在东南大学西洋文学系学习，是吴宓教授的学生。吴先生是个《红楼梦》迷，迷到了堂吉诃德的地步。那时昆明有一家餐厅叫作“潇湘馆”，就在吴晗故居的前面，吴宓却提出抗议，说是玷污了林黛玉故居的名誉，一定要餐厅改名，由此可见一斑。他在东南大学时教了四门课：（1）“英国文学史”；（2）“英诗选读”；（3）“英国小说”：1.《威克斐牧师传》，2.《傲慢与偏见》，3.《大卫·科波菲尔》，4.《名利场》；（4）《修辞原理》。《吴宓自编年谱》224 页说：“宓在东南大学之教课，积极预备，多读书，充实内容，使所讲恒有精彩。”教的学生中有浦江清和吕叔湘。

《年谱》242 页上又说：“清华高等科四年级学生梁治华（字实秋）……述其听宓讲卢梭课，宓预先写《大纲》于黑板，讲时，不开书本，不看笔记及任何纸片。而内容丰富，讲得井井有条，滔滔不绝。清华今正缺乏良好教授。”于是 1924 年冬，清华大学就聘请吴先生回校任教。1925 年春，《年谱》260 页上写道：“元月，清华国学研究院开始筹备，宓为主任。”“研究院教授四位，已定王国维、梁启超、赵元任。宓特荐陈寅恪。宓持清华曹云祥校长聘书，恭谒王国维先生，在厅堂向上行三鞠躬礼。王先生事后语人，彼以为来者必系西服革履，握手对坐之少年，至是乃知不同，乃决就聘。后又谒梁启超先生，梁先生极乐意前来。”1926 年秋，吴先生还荐浦江清来清华任陈寅恪的助教。《吴宓日记》8 月 18 日写有：“夕六时，宓宴浦江清于长安春茶馆。”

吴宓不但荐浦江清来清华，连叶公超也是他聘请的。《吴宓日记》1926年6月14日说："是日为端阳节。晨九时，至甘石桥访叶崇智(公超，叶恭绰之侄)。叶君急欲来清华任教职。"6月20日说："王文显君召宓谈西洋文学系事，排定各教员应授之功课。宓不胜王君之邀劝，已允任代理西洋文学系主任（一年）。计宓下学年授课如下：English Reading[英文读本(二小时)]。The Great Writers(Novel)[文学名著(二小时)]。翻译(三小时)。共七小时。"6月27日说："九时，访叶崇智于甘石桥，见之。叶索薪金二百四十元，宓允为转达。"7月16日说："访梅(贻琦)教务长。……梅又与宓商聘叶崇智事。梅欲与叶以二百二十元之月薪，宓未置可否。"8月7日说："上午访王文显，送别。又访钱、叶二君。晚访Winter(温德)，教之围棋，即在其处晚餐。"叶君可能是叶公超，因为王文显是西洋文学系主任，Winter（温德)是西洋文学系教授，叶公超可能是接受了二百二十元的月薪应聘了。吴宓在9月4日发牢骚说："本系缺乏教员，校中当局不早聘定，……叶崇智则靳其薪。……难哉！此清华园，即腐败中国之小影，而亦恶劣之人生之小影也。"

吴宓代理系主任时，陈福田是"书记"(等于现在的秘书长)。《吴宓日记》9月13日说："九时后，大学第二年英文丁组学生三人来，要求撤换陈福田。宓坚持不允。"陈先生英语说得很好，比Winter(温德)还流利，但讲小说只会照本宣科，不如吴先生。学生要求撤换，可见当时清华重文学、轻口语的风气。

吴先生教英国小说,他认为小说是具体而微的人生,而小说又高于历史,因为小说比历史更具有普遍性,更有代表性。他最喜欢的英国小说是萨克雷的《名利场》,书中的男主角之一都宾是一个道德上的理想人物,他心地善良,精神高尚,但是有点笨拙。另一个男主角奥斯本却是社会上的理想人物,聪明伶俐,善于交际,讨人喜爱,但不忠于爱情。吴先生认为道德上的理想比社会上的理想更重要。女主角之一爱米丽是个贤妻良母式的人物;另一个女主角蓓姬却更美丽,富有机智,为了金钱不择手段,力图进入上流社会。吴先生认为从爱米丽到蓓姬,可以看出社会对女性的理想是如何发展的。在他的生活经验中,以及在他的文学作品中,他也想表现这种对女性、对爱情的理想。但是他在爱情上的失败,他在生活中缺少幸福,使他认为自己受到道德理想主义者的误解,又受到社会人士的攻击。这两句话可能是了解吴先生前半生的关键。

吴宓先生代系主任时最大的贡献可能是制定了外文系培养学生的目标:(甲)成为博雅之士,(乙)了解西洋文明的精神,(丙)熟读西方文学的名著,(丁)创造今日的中国文学,(戊)交流东西方的思想。结果,清华大学造就了不少博雅之士,如钱锺书、曹禺、李健吾、穆旦等。几乎可以说,本世纪中国的外文人才多半都是吴宓的学生。

浦江清也上过吴宓的英国小说课,他最喜欢的名著是哈代的《还乡》。他在1929年2月3日的《清华园日记》中写道:"《还乡记》读完,诚杰作也。余不以小说目之,以最佳之散文目之。"《还乡》的男主角姚伯在巴黎当过钻石商店的经理,回到荒原想要为村民谋福利,却得不到理解与支持。女主角游台莎生性高傲,喜欢空想,嫁给姚伯之后,希望他带她离开荒原,未能如愿,又发生了一连串的误会和不幸事件,结果在黑夜里出走,失足落水而死。小说中的荒原体现了大自然的严酷无情,而软弱的人类却无法掌握自己的命运。书中既写了人与自然的矛盾,又写了个人理想与社会现实的矛盾,所以浦江清认为是一部杰作。

但他对当代的中国文学作品,评价却并不高,包括《吴宓诗集》在内。他在1928年8月30日的《清华园日记》中说:"吴雨僧(即吴宓)先生到校召余去谈,因观其《南游杂诗》百首,佳者甚少。吴先生天才不在诗,而努力不懈,可怪也。"吴宓请他助理编辑《大公报·文学副刊》,他在1929年2月5日的日记中说:"佩弦(即朱自清)交来副刊稿件。为评老舍君之《老张的哲学》《赵子曰》两小说之文。文平平,无什特见。……老舍君笔头甚酣畅,然少剪裁,又多夸诞失实,非上等作家也。"1932年1月10日说:"徐志摩之为人为诗,皆可以'肉麻'二字了之。"朱自清的散文,老舍的小说,徐志摩的诗,都是一时之选,浦江清却对他们评价不高,可见他的眼力不同一般。

但是对于戏剧,他的看法却有不同。在1931年1月14

日的《清华园日记》中有一段议论:“西洋戏剧究属是现实的,所以如易卜生一类的话剧当然西洋人演得好,但是搬演古事,演传奇、传说或历史剧,则中国剧艺进步。中国剧的艺术使古人的生活举动都理想化了,美化了。戏台上的人物和戏台下的观众,举动笑貌,全然不同。……总之,庄严的、伟大的、美妙的历史剧,恐怕还得推中国剧。我看了外国戏,反倒认识了中国剧在世界的地位。”

关于文学史,浦江清在1931年1月23日《清华园日记》中说:“读Jameson《欧洲文学史》,此书新出,撰者即本校教授,甚佳。”我上吴宓先生的文学史课,用的就是Jameson(弗雷德里克·杰姆逊)的书,觉得内容平平,有些俄国小说,讲的还不如我知道的多。而浦江清却认为“甚佳”,由此可以看出两代人的差距。我也听了吴宓讲卢梭的课,又觉得他不如梁实秋说得那么好,只发现他和卢梭一样喜欢和美人在一起而已。吴宓给我印象最深的还是雪莱的一句诗:爱情好比光,照在两个人身上还是一样亮。卢梭和雪莱,在我看来,就是吴宓景仰的人物,学习的榜样。

我也上过浦江清的作文课,就像他对朱自清的评价一样,觉得“平平,无甚特色”。记得有一次他问我们:“一个人走进来,面貌如何,身材如何,……”这句应该如何修改?我一听就知道应该说“进来了一个人”,这样才算前后连贯,因为我在小学就学过句法了。我的作文《翠湖》中有警句:“人们要把小堤、曲径,一齐改成大路,正如他们要把超人、愚人，一齐化为庸俗。”结果作文只得七十分。另一篇作文《王子猷》平淡无奇，反倒得了七十五分。于是我认为浦先生重稳不重巧，他是个古典派，而吴宓是个浪漫派。

其实，浦江清讲得最好的课是词选。例如他讲李白《菩萨蛮》的头两句“平林漠漠烟如织，寒山一带伤心碧”说：“此词意境高远阔大，开始用‘平林’两字即使人从高远阔大处想。‘漠漠’不是广漠的意思，它和‘密密’‘蒙蒙’‘冥冥’‘茫茫’等都是一音之转，所以意义也相近。翻成文言式的白话是‘迷茫地、蒙蒙地’或‘迷漫地’，说烟气。如考察它的语源，正确的翻译应是‘纷纷密布’。……第一句说远处树林里的烟霭纷织已足够引起愁绪，到第二句便径直提出‘伤心’两字。山无伤心的碧，亦无不伤心的碧，这是以主观的情感移入客观的景物，西洋文论家所谓移情作用，中国人的老说法是‘融情于景’。”分析非常细腻。后来我把这两句译成英文、法文如下：

(Eng.)

Over far-flung wooded plain wreaths of smoke weave a screen;

Cold mountains stretch into a belt of heart-rending green.

(Fr.)

Le champ boisé s'étend, tissé de fumée grise;

Dans le lointain le mont bleuit, le coeur se brise.

浦先生不但长于分析，而且善于综合比较。如他比较李白的《菩萨蛮》和《忆秦娥》（“箫声咽，秦娥梦断秦楼月。秦楼月，灞陵柳色，年年伤别。乐游原上清秋节，咸阳古道音尘绝。音尘绝，西风残照，汉家陵阙。”）说：“《菩萨蛮》是能品，《忆秦娥》是神品；《菩萨蛮》有刻画语，《忆秦娥》的音韵天成；《菩萨蛮》是有我之境，《忆秦娥》是无我之境。作者置身极高，缥缈凌空，把长安周遭百里，看了个鸟瞰，而且从箫声柳色说起，说到西风残照，不受空间时间的羁勒，这样的词真可说是千中数一，虽非李白所作，也不愧为千古绝唱也。”后来我把《忆秦娥》的上片译成英文如下：

The flute is mute;
Waking from moonlit dream, she feels a grief acute.
O moon, O flute!
Year after year, do you not grieve
To see neath willows people leave?

浦江清后来当了清华大学中国文学系主任，吴宓却只代理西洋文学系主任一年。在两位古典派和浪漫派老师的教导之下，我就成了今天的我。

沈从文和汪曾祺

没有恋爱的人生是悲惨人生，不断谈恋爱的人生是坎坷人生，只谈一次恋爱可能是完美人生也可能是无聊人生。我想能谈几次值得纪念的恋爱，应该是愉快的人生吧！

吴淡如

我们这一代人指的是1938年到1946年在昆明西南联大读书的学生。我认识的文学院的代表人物有汪曾祺，法学院的有王传纶，理学院的有杨振宁、朱光亚，工学院的有张燮、王希季等。汪曾祺是中文系的才子，后来和外文系的施松卿结了婚。王传纶是经济系主任陈岱孙的得意门生，毕业论文是用英文写的，毕业后和数学系的张景昭结婚，后来当了中国人民大学财政金融系主任，他的学生却当上了北京大学校长。杨振宁和张燮分别是理学院和工学院的状元，杨振宁的夫人是联大附中的毕业生杜致礼，张燮的夫人是昆明天祥中学的毕业生黄庆龄。朱光亚和王希季都是“两弹一星”的功臣，朱光亚曾在天祥中学任教，王希季的夫人是天祥中学的毕业生聂秀芳。所以他们的恋爱故事与联大和天祥中学有关。

我第一次见到汪曾祺是1939年在联大新校舍25号门外。他给我的印象是一个典型的白面书生：清清秀秀，斯斯文文，穿一件干干净净的蓝布长衫，给新校舍的黑色土墙反衬得更加雅致，一看就知才华横溢，中国文学系将培育出的一位作家。他在联大的生活自由散漫，甚至吊儿郎当，高兴时就上课，不高兴就睡觉，晚上泡茶馆或上图书馆，把黑夜当白天。一年级时他住新校舍25号南头下铺，上铺住的是一个历史系学生，白天上课夜里睡觉，两个人一年来几乎没有见面。这也可以算是“天方夜谭”。但朱自清先生教宋诗很认真，上课时带着一沓卡片，一张一张地讲，要求学生做详细的笔记，还要定期考试，这不合乎汪曾祺的口味，他就时常缺课。后来学习期满，中文系想让朱先生收汪曾祺做助教，朱先生却一口拒绝说：“汪曾祺连我的课都不上，我怎么能要他当助教呢？”

汪曾祺上过闻一多先生的《楚辞》课和唐诗课。他记得闻先生讲《楚辞》的开场白：“痛饮酒，熟读《离骚》，乃可为名士。”因为这合乎他把酒读诗的兴趣。他认为闻先生讲唐诗，“并世无第二人。因为闻先生既是诗人，又是画家，而且对西方美术十分了解，因此能够将诗与画联系起来讲解，给学生开辟了一个新境界”。汪曾祺当时对政治基本不闻不问，甚至对闻先生参与政治的做法有些不以为然，觉得文人就应该专心从文。闻先生对他的精神状态十分不满，痛斥了他一顿。他写信给闻先生说：闻先生对他“俯冲”了一通，并且对闻先生参与政治的做法直截了当地提出了不同的意见。闻先生回信说：汪曾祺对他“高射”了一通。这在当时传为趣谈。不过闻先生对他的文才还是十分赞赏的，例如他写的关于晚唐诗的读书报告：

> ……晚唐。于是我们可以看到暮色中的几个人像——幽暗的角落，苔先湿，草先冷，贾岛的敏感是无怪其然的；眼看光和热消逝了，竭力要找出另一种东西来照耀漫漫长夜的，是韩愈；沉湎于无限晚景，以山头胭脂作脸上胭脂的，是温飞卿、李商隐；而李长吉则守在窗前望着天，头晕了，脸苍白，眼睛里飞舞着各种幻想。……他有意藏过自己，把自己提到现实以外去，凡有哀乐不直接表现，多半借题发挥。……都是以“拗”令人脱离现实的办法。……李长吉是一条在幽谷中采食百花酿成毒，毒死自己的蛇。

汪曾祺也上过皮名举教授的西洋通史课，他曾经交过一份作业，是他精心绘制的亚历山大时期马其顿帝国的版图，皮先生在发还作业时加了两句评语："阁下之地图，美术价值甚高，学术价值全无。"可见他把美术当学术的态度。

汪曾祺四五岁的时候，他的二伯母教他背诗，如《长恨歌》《西厢记·长亭》等等，所以在联大时，他的中文特好，但是英文考试却不及格。后来他在《悔不当初》一文中说："我一生最大的遗憾就是没有把英文学好。"还说不会外文（主要是英文）的作家最多只能算是半个作家。当他知道我英译的《长恨歌》《西厢记》等出版了时，就向我要了一本《西厢记》，并且送了我一本《中国当代作家选集丛书》中的《汪曾祺卷》。他在书中说道："联大的许多教授都应该有人好好地写一写。"他自己就写了沈从文先生和金岳霖先生。在《星斗其文，赤子其人》一文中，他写到沈先生时说：

> 一个只读过小学的人，竟成了一个大作家，而且积累了那么多的学问，真是一个奇迹。……他说自己不是天才（他应当算是个天才），只是耐烦。……他的耐烦，意思就是锲而不舍，不怕费劲。……他的作品看起来很轻松自如，若不经意，但都是苦心刻琢出来的。《边城》一共不到七万字，他告诉我，写了半年。……为了试验一下把六朝译经和口语结合的文体，这种文体，后来形成一种他自己说是"文白夹杂"的独特的沈从文体。……（沈先生）多数时候都是笑眯眯的。他总是用一种善意的、含情的微笑，来看这个世界的一切。

到了晚年，喜欢放声大笑，笑得合不拢嘴，且摆动双手作势，正像一个孩子。只有看破一切人事乘除，得失荣辱，全置度外，心地明净无渣滓的人，才能这样轻快地大笑。……他搜集、研究这些东西（丝绸图案），不是为了消遣，是从中发现、证实中国历史文化的优越这个角度出发的，研究时充满感情。我在他八十岁生日写给他的诗里有一联：

"玩物从来非丧志，著书老去为抒情。"

这全是记实。……在昆明，我到文林街二十号他的宿舍去看他，到吃饭时总是到对面米线馆吃一碗一角三分钱的米线。……他经常吃的荤菜是猪头肉。

汪曾祺的《课堂习作》，沈从文先生给过一百二十分。汪曾祺写了一篇小说，里面的对话写得很美，有诗意，有哲理，沈先生看过之后说："你这不是对话，是两个聪明脑壳打架。"从此他才尽量写得朴素。沈从文曾经对人说过：汪曾祺的文章写得比他自己还要好。由此可见他多么赏识汪曾祺。

沈从文是汪曾祺的导师，而金岳霖是沈从文的好朋友。汪曾祺在《金岳霖先生》一文中写到金先生讲《小说与哲学》的事："大家以为金先生一定会讲出一番道理，不料金先生讲了半天，结论却是：小说和哲学没有关系。有人问：'那么《红楼梦》呢？'金先生说：'《红楼梦》里的哲学不是哲学。’”恰好《吴宓日记》1943 年 1 月 8 日也记了这事。吴先生说：“立昆北食堂门外，听金岳霖讲《哲学与小说》。略谓哲学之‘一’，与小说之‘多’，皆不易以文字表达。”在我看来，“一与多”指的是本质与现象、思想与事实、理性与感性。哲学之“一”中可以包含“多”，小说之“多”中可以看到“一”。这就是说，哲学思想可以解释小说中的现象，小说中的现象可以说明哲学思想。例如“合久必分，分久必合”的哲学思想可以解释《三国演义》中魏蜀吴三国分汉、晋又统一天下的事实。反过来说，三国的分合又可以说明对立统一的哲学思想。所以有个哲学家说：哲学是历史的综合，历史是哲学的分解。金岳霖认为《红楼梦》中的人生哲学不是形而上学，所以说小说和哲学无关，因为形而上学是“不易以文字表达”的。汪曾祺听讲不做笔记，所以理解就有误了。

吴宓先生在《文学与人生》中说：哲学是气体化的人生，诗词是液体化的人生，小说是固体化的人生，戏剧是固体爆炸性的人生。我觉得这倒形象地概括了事（小说和戏剧）、情（诗词）、理（哲学）三者的分别，说出了小说和哲学的关系。吴宓是中西比较文学的奠基人。这也说明了汪曾祺的话：不懂外文只能算半个作家。

汪曾祺只写自己熟悉的事，凡是别人写过的，他都不写。所以他的作品多有乡土味，又给人新奇感。例如他写的小诗《早春》说：“当风的彩旗，像一片被缚住的波浪。”得到了读者的好评。据说他在北京文联工作时，老舍说在文联只怕两个人：一个是端木蕻良，一个是汪曾祺。可见老舍对他的器重，认为他有青出于蓝而胜于蓝的可能。后来，他和外文系的女同学施松卿结了婚。

我第一次见到施松卿是在1940年9月的阳宗海滨。那时联大同学组织了一个夏令营，举行了几次跳舞晚会，跳的是圆舞和方舞，就是男女同学围成两个圆圈或者两个方阵，男外女内，手挽着手或背靠着背地边唱边跳。施松卿长得清清秀秀，淡淡的眉毛，细细的眼睛，小巧玲珑，能歌善舞，行屈膝礼时显得妩媚动人，无怪乎有人说她是林黛玉了。一天晚上举行营火舞会之后，月色很美，照得青山绿水如梦如幻，男女青年如醉如痴。女同学要去湖边赏月，施松卿和林同端都去了。我要向林同端献殷勤，就把跳舞中学到的挽手姿势，应用到散步中来，并且想说些讨她欢喜的话，但又不知道说什么好。这和浦江清与蔡贞芳的情形恰好相反，因为浦比蔡大，而我却比女同学都小。结果无话可说，只好回去写了两段英文诗，如果用中文说反而没意思了。

I am in heaven when I am with you,
And wish to say what's good and new.
But it amuses not a child of four,
So how can I delight you any more!
Is it my fault? I cry,
Or is it in my power?

Has love ever come to a butterfly

If it appears not dull before a flower?

联大男同学远远多于女同学，追求施松卿的男同学很多，如外文系就有赵全章和袁可嘉。赵全章也是一个才子，写的散文像何其芳的《画梦录》，1941 年在美国志愿空军做英文翻译官的时候，他的同班都是中尉，只有他一个人鹤立鸡群，被评为上尉。袁可嘉是一个诗人，1946 年就写过《沉钟》："让我沉默于时空，/ 如古寺锈绿的洪钟，/ 负驮三千载沉重，/ 听窗外风雨匆匆。"后来他成了研究西方现代派文学的专家。他们两个人和汪曾祺都喜欢施松卿，都想月宫折桂。施松卿口里说："中文系的人土死了，穿着长衫，一点样子也没有，外文系的女生谁看得上！"但她并不爱外文系的散文诗，却把桂冠给了中文系的小说家汪曾祺，让袁可嘉"听窗外风雨匆匆"去了。后来我送他们联大回忆录《追忆逝水年华》时，在扉页上写了两句：

同是联大人，各折月宫桂。

联大女同学的身价很高，使男同学望而却步。最近在童元方《初恋》一文中读到："不久前，香港的电视节目'杰出华人系列'访问了杨振宁，他在整个节目追求卓越的脉络之中，忽然天外飞来，欲说还休地提到了自己在西南联大时的初恋,女同学名张景昭。他那‘行将近而趑趄,口将言而嗫嚅’的神态竟在电视屏幕上重现。”张景昭和施松卿、林同端都是漂亮的女同学,连杨振宁都不敢问津,可见蓬山之远。有些男同学就向校外发展,而天祥中学竟做成了几对姻缘:一对是张燮和黄庆龄,一对是王希季和聂秀芳。张燮对黄庆龄有兴趣,但是不好开口,我就请张燮代改黄庆龄的英文作文,他把 sun-shone face 改成 sunburnt face,引起了黄庆龄的兴趣,后来果然钟鼓乐之。我给聂秀芳那班讲 *Romeo and Juliet*(《罗密欧与朱丽叶》),秀芳说,如果希季敢做罗密欧,她就敢做朱丽叶。但是她姐姐爱上了希季,秀芳只好放手。后来姐姐结了婚,秀芳才把希季收回,就像希季先把地球卫星送上天,又再安全回收一样。我在赠他们的书上写道:

卫星是天上的诗词,诗词是人间的星辰。

这些都是我那一代人的佳话。

一代人的爱情

好人并不只是服从，只是无害。有德无才一事无成。如果我们没有才智，全世界的道德也无济于事。

杜威

什么是爱情？当你见到了你所爱的人，你会做出莫名其妙的傻事；当你见不到她，又会对人或对自己絮絮叨叨地讲她。这就是爱情。当你在她身边，就会觉得舒服，对她温存体贴，既不感到疲倦，也不觉得无聊，而这就是幸福。你一见她的面，就会心情激动，头脑开窍，做事都想着她，说话是为了她，设法讨她欢喜，让她明白你喜欢她。你一张嘴，温柔的话就会脱口而出；你看一眼，就会流露出爱抚的目光。对你说来，她装饰了世界，使生活有趣味。你喜欢坐在她的脚下，不为别的，只为了坐在那里就是乐趣。有了她，为了她，你才觉得生活幸福。

上面的话是莎士比亚和莫泊桑谈到英国人和法国人的爱情时说的。到了二十世纪的中国，爱情是怎样的呢？浦江清在《清华园日记》中记下了他们一代人的爱情故事。1930年12月26日的《日记》中说：

> 我的第二十七个生日。……预先约好，请（蔡）贞芳、（陈）仰贤来吃晚饭，并且请（叶）公超、（朱）佩弦作陪。公超前天告诉我，说请女朋友吃饭，照例应该雇车去接的。……公超对蜜丝袁（永熹）说了，明天浦（江清）会来接她们二位的。蔡（贞芳）一定笑我向她们的老师（叶公超）那里学到了乖。……在西客厅坐了些时，佩弦、公超先后来了。六点半，到前工字厅吃饭，厨房里预备的菜还可以。佩弦和公超喝了些酒。我们回到西客厅闲谈，公超讲话最多，其次是仰贤。公超大骂燕京大学，拿那里的几个教授开玩笑。仰贤批评吴（宓）先生的离婚，说吴先生是最好的教授，但是没有资格做父亲，亦没有资格做丈夫。这使我们都寒心，因为在座诸人都知道，吴在英国，用电报和快信与在美国的毛彦文女士来往交涉，他们的感情已决裂了。吴现在唯一希望在得到仰贤的爱。而仰贤的态度如此，恐怕将来要闹成悲剧。……十点半，我送她们回燕京。

日记中谈到了四位教授的恋爱问题：最简单的是朱自清(佩弦)，最复杂的是吴宓，最曲折的是叶公超，最平淡的是浦江清。关于朱自清，《清华园日记》12月27日中说："晚饭后，访佩弦于南院十八号。佩弦刚和陈竹隐女士从西山回来，……陈女士为艺术专门学校中国画科毕业生，四川人，习昆剧，会二十余出。佩弦认识她乃溥西园先生介绍，第一次(今年秋)溥西园先生在西单大陆春请客，我亦被邀。后来本校教职员工会娱乐会，她被请来唱昆曲。两次的印象都很好，佩弦和她交情日深。不过她对佩弦追求太热，这是我们不以为然的。"

吴宓曾和陈心一女士结婚，生了三个女儿，但他自己说："予于婚前婚后，乃均不能爱之。"于是和陈女士离婚，追求和他的好友朱君毅分开的毛彦文女士，写了《吴宓先生之烦恼》如下：

> 吴宓苦爱毛彦文，三洲人士共惊闻。离婚不畏圣贤讥，金钱名誉何足云。
>
> 作诗三度曾南游，绕地一转到欧洲。终古相思不相见，钓得金鳌又脱钩。
>
> 赔了夫人又折兵，归来悲愤欲戕生。美人依旧笑洋洋，新妆艳服金陵城。

毛彦文后来和比她大三十多岁的熊希龄结了婚，吴宓又追求陈仰贤。陈仰贤爱的是叶公超，叶公超爱的却是袁永熹，于是就出现了错综复杂的多角恋爱关系。

关于大学女生的恋爱问题，当时北京流传着几句顺口溜："北大老，师大穷，清华燕京可通融。"袁永熹、陈仰贤、蔡贞芳都是燕京大学的女生，袁永熹后来成了叶公超夫人。关于她，《吴宓日记》1940 年 10 月 19 日有评论："叶（公超）宅晚饭。近一年来，与（袁永）熹恒接近，深佩熹为一 superior woman: intelligent, rational, firm, calm, capable, courageous, full of self-control & self-confident（聪慧、理智、坚定、沉静、干练、勇敢、充满自控能力及自信的出众超俗之女子）。诸友亦共誉为近代开明式之贤妻良母。且毫无寻常妇女闲话他人是非、计较锱铢、矫揉作态等习。宓实自愧不如熹之明达镇静、不矜不惧也。然熹亦不免我执，宓因之念（陈仰）贤不置。设想（叶公）超昔年竟娶贤，则宓在超家其情况又自不同。……又觉熹之性行颇似彦（毛彦文）。使宓以昔待彦者对熹，必立即径庭。而若以年来在熹处所学得之忍耐、安静、勤慎、明达及态度、仪容等对彦，亦不致失彦也。"可见吴宓不但爱陈仰贤，而且也喜欢袁永熹。我曾在叶公超先生家见过叶夫人，知道她是我同班同学袁永熙（后来成了清华大学党委书记）的姐姐，那时已有一女一子，她叫女儿给我们唱英文歌"When I was one，……When I was two，……"（我一岁的时候……两岁的时候……）可见她是一位贤妻良母。至于是否"出众超俗"，在学生眼里和老师眼里看来可能不同。

我见到叶夫人是在昆明，和在北京见到她的赵萝蕤比起来，就大不一样。赵萝蕤在《怀念叶公超老师》一文中说："后他（叶公超）结婚了，夫人是我在燕京时的一个比我班次高的同学。我有时到前铁匠营他们的寓所去串门。他们的生活令人羡慕：一所开间宽阔的平房，那摆设证明两位主人是深具中西两种文化素养的。书是最显著的装饰品，浅浅的牛奶调在咖啡里的颜色，几个朴素舒适的沙发，桌椅、台灯、窗帘，令人觉得无比和谐。吃起饭来，不多不少，两三个菜，一碗汤，精致，可又不像有些地道的苏州人那样考究，而是色味齐备，却又普普通通，说明两位主人追求的不是'享受'而是'文化'。当然'文化'也是一种'享受'。这个家可以说是超凡脱俗的。但是到了昆明，他们住的是一个墓园的门房，只能说比起学生的茅屋来，也是'出众超俗'了。"

对袁永熹和陈仰贤，叶公超可以说是"双胜"，吴宓则是"双败"。他们之间的关系错综复杂，而浦江清对蔡贞芳的关系则显得简单而平淡。浦江清《清华园日记》1930 年 12 月 29 日说："下午雇车到燕京访贞芳，……态度甚冷，二人相对，都勉强找话谈。"31 日则说："（俞）平伯、佩弦借西客厅请客，……贞芳已有回信，允来清华听曲。……是晚节目有国乐、国技、昆曲，……袁二小姐（永熹）及袁三小姐之《琴挑》。……陈竹隐女士之春香，玲珑活泼，皆不可多得。"

1931年1月13日说："贞芳有复信来。去信有四页，而复信仅页余。她不善写信，无发挥。"17日则说："贞芳实在太不会周旋，老是要我找话说，很窘。不过坐得很近，细细欣赏她的美。'她有中国美人的轮廓''有旧家闺秀的风度'，……闲时想想，她并不见得美，但是每次看到，便愈觉得她的美。近六点钟，仰贤来了。她一来便有话讲。……仰贤说她的绰号是'竹子'，贞芳叫'淑女'，又加上了一句'窈窕淑女的淑女'。……她们俩留我吃饭，预备吃饭后看燕京的化装溜冰。……化装没有什么好看，不过夜景甚美。"19日又说："往图书馆，替贞芳借关于普罗文学理论的书。图书馆中没有，往国文系研究室，向佩弦借了几本。……夜，写给贞芳的信，其中有一节是用心写的：……'如今回忆起来，那晚上真美啊！一片冰湖，明净得如白琉璃一般。红的绿的电灯，绕湖两匝，好似灿烂的星网，也像特地为湖神挂上的五彩宝石的项链。……在船上，后来在亭子里，听到最好的音乐。啊，人生！有几个晚上能这样美妙地度过！我将永远不忘掉这晚上，并且永远不忘掉伴着我度过这晚上的人！'"

但是湖誓山盟只维持了一个星期。《清华园日记》26日中说："仰贤有电话来叫我去……她告诉我贞芳没有兄弟，所以家里的意思想把她许给同乡人，而且家里已看中一人，此人现在德国。这事仰贤先前并不知道，现在贞芳方始告诉她。我听了，默然半分钟。我用英语对陈说：'请告诉密斯蔡（贞芳），我对她并无奢望，但愿保持一般的友谊，希望能继续下去。'刚在这时，蔡出来了。蔡态度异常，比平时说话多，且活泼，同时娇眼相看，微露羞涩之意。"27日又说："晚访公超，适袁女士（永熹）在，与谈一小时。袁女士说及贞芳和仰贤都文雅得很。贞芳原来就很少说话，在同学中间，以娴静出名。"2月3日还说："我爱之最热者为贞芳，自对伊失望后，此情难堪。"其实，能保持友谊也不错。《清华园日记》1929年2月22日说："余谓：'万事皆有缘，朋友相值，闲谈，闲行，皆有缘分在。'潘云：'朋友中有合有不合，不可用理由讲解，我等即出一千块钱，有谁肯陪我们闲谈到二三点钟，又犯寒出门看月耶！'"这样看来，爱情要转变为友谊也不容易了。

总而言之，二十世纪三十年代的爱情似乎是以缘分（如叶公超以师生的缘分，吴宓以朋友之妻的缘分）或介绍（如朱自清是昆剧小生溥西园介绍，浦江清可能是陈仰贤介绍）开始，接着就是吃饭喝酒，听剧观舞，游山玩水，读书吟诗，评人论事，最后有的成功（如叶公超和朱自清），有的失败（如吴宓和浦江清）。

当时西南联大有四个出名的单身教授：外文系的吴宓，经济系的陈岱孙，哲学系的金岳霖，生物系的李继侗。他们的恋爱故事在学校内广为流传。据说陈岱孙和周培源在美国留学时同爱上了一个女同学，回国后这个女同学成了周培源夫人，陈岱孙就终身不结婚，但却成了周培源家的常客。陈岱孙一表人才，身材高大，西服笔挺，讲起课来头头是道，娓娓动听，要言不繁，掌握时间分秒不差，下课钟声一响，他也刚好讲完。有一次他讲完了课还没敲钟，后来一查，原来是钟敲晚了。不少联大女生恋爱，都希望能找到像陈先生这样的男同学。和陈岱孙一样，金岳霖却是爱上了梁思成的夫人林徽因，因为不愿破坏朋友的婚姻，宁可自己牺牲。这就是叶公超说的宗教精神，哲学家金岳霖和经济学家陈岱孙都在恋爱中付诸实行了。他们这一代人的言行给我们下一代人产生了不小的影响。

朱自清和鲁迅

一

“任何学科，中人之资学之，可得中等成就，对社会多少有所贡献。不若艺术特别需要创造才能，不高不低，不上不下之艺术家，非特与集体无益，个人亦易致书空咄咄，苦恼终身。”“艺术乃感情与理智之高度结合，对事物必有敏锐之感觉与反应，具备了这种条件，方能有鉴赏。至若创造，则尚须有深湛的基本功，独到的表现力。”“真正成功的艺术家，往往较他种学者为尤少。”

《傅雷论艺札记》

在西南联大中国文学系的教授中，我知道得最早的是朱自清先生。在小学课本中我就读过他的《背影》，内容是回忆劳碌奔波的父亲到火车站来为儿子送行的往事。但那时我从来没有离开过家，也没去过火车站，所以不能体会儿子看到父亲离开车站时的背影，会有什么样的感情。使我联想起来的，倒是乡下大伯给我们讲过《三国演义》中张飞的背影。张飞攻打严颜，严颜死守城池，不敢出战，张飞就假装撤兵。严颜看见张飞一马当先的背影，再领兵出城来攻打后军。不料一马当先的是个假张飞，真张飞从后军中杀出来，活捉了严颜，攻破了城池。这个故事给我印象之深，远远超过了《背影》。可见小学生喜欢听英雄事迹，并不了解人间真情。后来读到朱自清的《匆匆》，非常喜欢开头几句："燕子去了，有再来的时候；杨柳枯了，有再青的时候；桃花谢了，有再开的时候。但是，聪明的，你告诉我，我们的日子为什么一去不复返呢？"我在作文中模仿了这几句，结果得到了九十五分。可见我小时候就喜欢排比对仗，这为我后来的诗词翻译打下了基础。

我在小学六年级时开始读鲁迅的作品，第一篇是描写小人物的《孔乙己》。以前读的课文多是写英雄伟人的，我不懂为什么要写一个偷书被打断腿的穷书生。可见那时我对现实世界缺少了解，缺乏同情。第二篇是讽刺现实社会的《聪明人和傻子和奴才》：奴才诉苦，聪明人只表示同情，并无行动；傻子却帮奴才改善生活，要为他开一个窗口，反被奴才赶走。我那时理解的聪明人是打破水缸救人的司马光，用船称象的曹冲，不懂一个人只说不做怎么可以算是聪明？直到几十年后，看到只说不做的人专门批评整人，做得多说得少的人反而挨批挨整，这才知道明哲保身的聪明，这才明白鲁迅的世故。到了国外，看到动手的人发财致富，不动手的人在街头乞讨，这才又明白各尽所能不是一句空话，而是要实行的。到底是动口的人聪明还是动手的人聪明呢？那就要看是什么社会了。

到了初中一年级，我读了鲁迅的《呐喊》，但只喜欢《阿Q正传》，觉得阿Q精神可笑。除了《阿Q正传》以外，其他小说都似懂非懂。直到进了联大，听了朱自清等的讲解后，才知道鲁迅的深刻。如《狂人日记》写吃人的旧社会把正常的人逼成疯子；《药》写群众的愚昧，革命者为了医治国家的弊病而抛头颅、洒热血，群众却用沾满了革命者鲜血的馒头做药来治病；《故事新编》中的《眉间尺》则是赞美复仇，讽刺懦夫和帮闲者的作品。

朱自清不但讲解现代文学，对古代文学也很有研究。关于《诗经》的“比兴”，他就说过：“比体诗”有四大类：咏史（以古比今），游仙（以仙比俗），艳情（以男女比君臣），咏物（以物比人）。这个分析非常中肯，《离骚》中都可找到例子：咏史，如用夏桀来比楚王；游仙，如用神话中的羲和来比太阳；艳情，如用香草美人来比君臣；咏物，如用野花杂草来比奸贼。

朱自清讲古代文学。以《古诗十九首》第一首为例，他认为《十九首》是我国最古的五言诗，除了《诗经》之外，《十九首》是古诗最重要的代表。题材是民间的，但并不是民间作品，而是文人的仿作，不过作者的个性看不出来而已。诗人常用暗示或比喻的手法，比喻可以用古事成语，也可以用眼前景物。其实，典故也是比喻的一类。《十九首》开始两句："行行重行行，与君生别离。""生别离"来自《楚辞》"悲莫悲兮生别离"，作者用下文暗示上文，可见他是文人，读者如能知道所引用的全句，就可以联想到"悲"的含义，这样，诗句就增加了力量，就是所谓的词短意长。以技巧而论，这是很经济的，典故的作用也就在这里。后面"胡马依北风，越鸟巢南枝"两句，朱先生说有三种解释：一是"不忘本"，希望游子不要忘记故乡；二是"哀其生"，就是哀叹游子漂泊天涯的意思；三是"同类相亲"，希望游子留恋故乡的父老乡亲以及思妇自己。这样引用比喻，是说物尚有情，何况是人？既是劝说，也是愿望，用比喻代替叙述，就是暗示的力量。这两句看起来把上下文隔断了，其实是藕断丝连的，因为下面接着就说："相去日已远，衣带日已缓。"衣带缓只是结果，人瘦才是原因，这句等于说：思君令人瘦。用结果来显示原因，也是暗示手法。下面两句："浮云蔽白日，游子不顾反。"朱先生说有两种可能：一是游子在乡里被人所害，远走高飞，不想回家；二是乡里是非黑白不分，所以游子宁愿离乡背井。前者是专指，后者是泛指。最后几句"思君令人老，岁月忽已晚。弃捐勿复道，努力加餐饭"，朱先生说，"思君令人老"和"衣带日已缓"是反复说一个意思，"这种回环复沓，是歌谣的生命。许多歌谣没有韵，专靠这种组织来建筑它们的体格，表现那强度的情感"。最后两句，“解者多误以为全说的诗中主人自己。……‘加餐’明明是汉代通行的慰勉别人的话语，不当反用来说自己”。所以是思妇在含恨地说：“反正我是被抛弃了，不必再提罢。你只保重自己好了。”总之，朱先生说：“所谓诗中主人，可并不一定是作诗人。作诗人是尽可以虚拟各种人的口气，代他们立言的。”我将后半英译如下：

Northern steeds love cold breeze,
And southern birds warm trees.
The farther you're away;
The thinner I'm each day.
The cloud has veiled the sun;
You won't come back, dear one.
Missing you makes me old;
Soon comes the winter cold.
Alas! Of me you're quit;
I wish you will keep fit.

联大教授的雅与俗

> "自然"是因为正确才得到公认，
> "风俗"是因为得到公认才算正确。
> ——约翰逊博士

吴宓教授认为外文系学生应该：一成为博雅之士；二了解西洋文明的精神；三熟读西方文学的名著；四创造今日的中国文学；五交流东西方的思想。如果要用一个字来概括，那恐怕只好用一个"雅"字。陈福田教授和吴先生相反，如果要用一个字来概括，那大约可以用一个"俗"字。吴先生更了解古代西洋文明的精神，陈先生更了解当代美国文化的精神；吴先生熟读西方诗学名著，陈先生广读西方文学名著；吴先生用《吴宓诗集》丰富了当时的中国旧文学，陈先生用林语堂的《京华烟云》向西方传播了中国的新文学；吴先生沟通了孔子和西方人白璧德的人文主义思想，陈先生却主要是向东方传播了西方的人道主义世俗思想。两人如此不同，后来陈先生当了外文系主任，吴先生离开联大后，就没有再回清华了。

关于俗和不俗，《欧洲文学史》上比较基督教和伊斯兰教时说：伊斯兰教是世俗的，基督教是超俗的。如果一个人喜欢吃美味、读好书、看风景，他就是个俗人。而在基督教看来，俗人是生而有罪的，所以注定了来世要受苦受难。但这种人生观不利于文学艺术或科学技术的发展，所以陈先生还是赞成世俗的人生观。

陈先生的世俗哲学，还有他对西方文明的了解，首先体现在他为清华、联大选编的《大一英文》读本上。联大八年来为国家培养了成千上万的人才，没有一个人不读《大一英文》，没有一个人完全不受英文读本影响、不受潜移默化作用的。读本中宣扬自由、民主精神。关于民主教育，读本说得非常简单：只要见到一个好人，知道他是个好人就够了。但说时容易做时难，七十年来，有几个当权派能知人善任，使人尽其所能、发挥所长呢？读本中选了威廉·詹姆斯的《谈习惯》，说生活琐事养成的习惯越多，就越能集中精力去做大事；如果起床、睡觉、工作都要反复考虑，那就会一事无成的。后来我养成了每天早晨译一首诗的习惯，一年就译完《诗经》三百篇了。

其次，陈先生对西方文明的了解，体现在“大二英文”的教学上。“大二英文”选用的是美国《大学英文散文读本》，这就是说，联大用的英文读本和美国大学用的完全一样。读本中选了纽曼的《大学教育的目的》，说大学要用伟大而平凡的方法，达到一个伟大而平凡的目的：不是培养天才，也不是造就英雄，而是训练社会所需要的好人。这和吴宓教授提出的“博雅之士”有所不同，简单说来，就是雅俗之别。而陈先生自己也是美国教育培养出来的一个好人：他的一切都是美国派头——讲求实效、适应需要、热心公益。

“大二英文”的读本选了杜威的《论思想》。杜威把思想分成四种：来到心上的都是思想；我们不能直接看到、听到、闻到、尝到的就是思想；没有根据的信念也是思想；经过检验、证明的信念才是真正的思想。读本还传播了罗素的教育思想。罗素认为：首先，智力并不是已经取得的知识，而是取得知识的能力；知识越丰富，越容易取得新知识。其次，有勇气的人应该感到自我只是沧海一粟，但并不轻视自己，而是更重视自己的欠缺。第三，仁者富有同情，不但同情自己认识的人，而且同情自己所不认识的人；不但同情目睹的苦难，而且同情耳闻口传的苦难。现在看来，罗素的“智、勇、仁”和杜威的“思想论”比孔子的“学而不思则罔”“学然后知不足”“仁者爱人”的思想似乎更加细致深入。可惜陈先生不能沟通东西方的文化，所以不能成为吴宓教授那样的“博雅之士”。

“大二英文”的读本不但选有论文，也选了短篇小说的代表作:英国选的是史蒂文森,美国选的是欧·亨利。我在1940年3月15日用英文记下了史蒂文森《将错就错》的故事:“邓尼斯在深夜碰到大兵,慌慌张张躲进了一个富贵人家。不料进去容易出来难。他就索性走进厅堂,看见一个老人正在等他,并且强迫他同老人美丽的侄女白朗雪结婚,不结婚就要他的命。原来白朗雪约一个上尉来幽会,老人误把邓尼斯当成上尉了。白朗雪并不爱邓尼斯,所以她也拒绝结婚。后来她回心转意,邓尼斯却为了面子而坚决拒绝,伤了她的自尊心,说是他再求婚她也不会答应。但天一亮,老人就要把他处死,迫不得已,他最后还是用一个吻和白朗雪成了好事。”

3月25日的日记中,我又记下了欧·亨利《财神和爱神》的英文摘要:“肥皂大王洛克菲勒的儿子爱上了一个少女,但是没有机会求婚,后来她就要去欧洲。他开车为她送行时,忽然交通堵塞,堵了两个小时。他在车上向她求婚,少女接受了。原来这次交通事故是肥皂大王花钱制造的。”这两个故事说明十九世纪的英国重视荣誉,二十世纪的美国却是钱能通神,物质文明取代了精神文明。在联大,陈先生代表了美国精神,吴宓先生却体现了英国文明。

陈先生喜欢的英国小说是描写平常人的平常生活的《傲慢与偏见》,喜欢的美国小说是描写贫苦农民的《愤怒的葡萄》。他讲到司各特的历史小说时说:司各特的主角常是些小人物,大人物反而放在次要地位。后来我把司各特的

《昆廷·杜沃德》译成中文,发现真正的主角还是法国国王。

陈先生是一个通才,美国英语说得比中国话好,甚至比美国教授温德还流利。他批改英文作文,最重语言,次重内容。记得我写了一篇有自己见解的《谈美》,只得了八十分;又写过一篇《谈杜威的思想》,不过人云亦云,却得了九十分。

我去美国志愿空军做英文翻译之前,有一个领导人对我们讲话,内容并不精彩,掌声稀稀落落,我就懒得鼓掌。不料陈先生却当场提出批评,说我不懂礼貌。受训期间,我外出回来晚了,他又罚我星期日不准外出。由此也可以看出他严格的世俗精神。

如果说从陈福田教授身上可以看到清华的严格精神,那么,从莫泮芹教授身上就可以看到北大的自由风格。莫先生讲的是"英国散文",给人的印象也是一个"散"字:他讲课从容不迫,毫不紧张;他写字如行云流水,毫不用力。他批评培根以前的骈文,批评薄柏的诗:"创新不带头,弃旧莫落后。"他把培根比作"文起八代之衰"的韩愈,把他言简意赅的散文比作外壳坚硬、营养丰富的核桃。

莫先生为美国报刊写过文章,他对报刊文体很感兴趣。英国十八世纪四大报人是斯威夫特、艾迪生、斯蒂尔和约翰逊博士。斯蒂尔的《街谈巷议报》谈诗论文,采风记乐,重的是"情"。艾迪生的《旁观者清报》亲切而不粗俗,高雅而不卖弄,重的是"理"——他被称为"当代的苏格拉底"。两人合办的《观察评论报》更是无所不谈,雅俗共赏,有点像苏东坡的文风。斯威夫特是讽刺小说《小人国游记》(一译《格列佛游记》)的作者、保守党机关报《审时度势》的主编。他认为报纸不是消遣的读物,而是改造人类的工具。他的文章简洁明了,一针见血,重的是“讽”。约翰逊博士是《英文大词典》的编者,法兰西学院四十位院士花了四十年才编成《法文大词典》,他一个人孤军奋战,八年就编成了《英文大词典》。书成之后,他写了一封信给内阁大臣,谢绝他的资助和提拔。这封信成了知识分子的“独立宣言”。他的文笔典雅,常在人生的经验中寻求真理。他说过:“醉酒是为了避免清醒的痛苦。”他主编的《谈天说地》半月刊,用科学般的精确来描绘人的内心活动,用具体的感性经验来核实抽象的理性知识。他曾说过:“作家首先应该努力分清‘自然’与‘风俗’——‘自然’是因为正确才得到公认,‘风俗’却是因为得到公认才算正确。”他的散文重的是“真”。孔子说过:“诗,可以兴,可以观,可以群,可以怨。”在我看来,这四句话也可以应用到这四大报人身上:艾迪生可以兴,启发思维;约翰逊可以观,反映现实;斯蒂尔可以群,交流感情;斯威夫特可以怨,讽刺朝政。受了约翰逊的影响,我后来写了一篇《文学翻译是再创作》,也许可以说是文学翻译家的“独立宣言”吧!

到了十九世纪,英国诗的发展远远超过了散文。莫先生也教过“浪漫主义诗人”,不过他欣赏的是华兹华斯的散体诗,根本不讲“人爱散体我爱韵”的拜伦。我受吴宓先生影响，喜欢拜伦，结果在吴先生班上得分最高，在莫先生班上得分最低。不过分数平均过了八十分，总算得到了檀香山奖学金。

外文系讲英诗的教授很多，除了吴、莫二位先生之外，中国教授有谢文通、卞之琳，美国教授有温德、白英。谢先生讲英诗，主要传授格律知识，解决理解问题，但考试时，却要学生自己作出评论。我小考时措手不及，成绩不佳；大考时成竹在胸，说雪莱《西风颂》的尾韵——ABA、BCB、CDC、DED、EE，读来有如波浪起伏，风声盈耳，意美、音美、形美，三合为一，相得益彰。结果得了高分。

温德讲诗更重音美。他朗读时抑扬顿挫，音调铿锵，节奏分明，给人印象深刻。他考试的方法很妙，拿出一首学生没有读过的诗，要求说出诗的作者，并用作者其他诗句来佐证。若不是对诗人有深刻的了解，是很难答好的。

白英讲诗只写黑板。他用左手写字，结果听课不闻其声，只见其手左右飞舞，我旁观了一小时，就打退堂鼓了。1947 年，他在美国出版了一本中国诗选《白驹集》，译者都是联大师生。这是中美学者第一次大合唱。

除了诗和散文，外文系必修课还有“西洋小说”“西洋戏剧”“莎士比亚”“文学翻译”等。小说课由陈福田教授开，他只照本宣科地念讲义，连标点符号都要念两遍。上课等于听写，文学课成了语言课。他还要求每月交一篇读书报告，报告只写小说内容，不要评论，结果只训练了归纳能力。

开戏剧课的先后有柳无忌、赵诏熊两位教授。赵先生讲课时分析戏剧结构、剧中人物、场景情节、台词语言。每月交报告时,也要作出评论,这就提高了我们的分析能力。我们班还演出了英文剧《鞋匠的节日》。鞋店没有道具,只好向观众借鞋。不料联大同学穿的多是“空前绝后的袜子”“脚踏实地的鞋子”,要找能做道具的皮鞋,还得“众里寻他千百度”呢!有个出借皮鞋的同学开玩笑说:“幸亏你们演的是《鞋匠的节日》,如果要演《厨师的节日》,我们可要饿肚子了!”赵先生还讲了德莱顿的《一切为了爱情》,那是我译成中文的第一个剧本。

开莎士比亚课的先后有陈嘉、陈福田、温德三位教授。其实,赵先生讲戏剧时,已经为莎士比亚课打了基础。他说《罗密欧与朱丽叶》写的是青春恋,《安东尼与克柳芭》写的是黄昏恋,真是一语中的。陈嘉讲课好像演员,注重表情朗诵;陈福田像教员,注重解释词义。而温德却集中了二陈的长处,既有表演,又有解释。记得他讲《奥赛罗》的手帕风波,演得惟妙惟肖;解释克柳芭用的“unpeople”一词,说埃及女王思念罗马大将安东尼,要把埃及人都派去送信,可见情思之深、权势之大。莎翁用字具体,一个词就画出了女王的性格。

联大翻译最出名的是潘家洵教授。他讲“大一英文”时用的是翻译法,最受学生欢迎。当时联大学生课后爱打桥牌(bridge),潘先生把“bridge”音译为“不立志”,真是音义俱合的妙译。但他在外文系没讲“翻译”，而是讲“语音学”，也算“不得志”了。“翻译”和“大四英文”合开，开课的先后有叶公超、吴宓、袁家骅三位教授。吴先生说：“真境与实境迥异，而幻境之高者即为真境。”他认为翻译是对“真境”的模仿，这种思想对我很有启发。

我在课后也爱打“不立志”，甚至发明了“问答式”叫牌法，还同吴琼找数学系陈省身、许宝二位教授打过一次桥牌。我北，陈东，吴南，许西。有一盘我叫“三个比大”，陈说“加倍”，结果竟打成了，非常得意，记在日记本上：

东方先用红心 K 攻，得一副；再用 Q 攻，北用 A 拿；北出方块 J，西没有拿；北再出方块 9，西用 10 得一副。西用小牌攻黑桃，北用 9 偷，东用 K 得一副；东用红心 J 再得一副，西无红心，垫小梅花；东攻梅花，南用 Q 拿；南出红心 10 得一副，西又垫小梅花；南出梅花，北用 K 拿，西无梅花，垫小黑桃；北再出梅花 A，西只好垫黑桃 10；北出黑桃 A 时，西的 Q 束手就擒；北再出黑桃 J，西只好垫小方块；北最后出方块 A，西 K 无保护牌，于是落网。这样东西方只拿四副，南北方拿了九副，刚好做成“三个比大”。如果第三副牌西用方块 K 拿了北的 J，那么南的方块 Q 可拿一副，南北还是可以做成；如黑桃 K、Q 或 10 有两张在东方则不行，可见胜利得来不易。下一盘我还想乘胜追击，又叫

“三个比大”,陈先生又“加倍”。我想侥幸可一而不可再,就改叫“四个红心”,陈先生还是“加倍”。结果他拿了四副,我没有做成。但如果打“三个比大”,我拿九副倒是够了。于是我很后悔,失去了一次战胜两位数学大师的机会。

联大与清华

一个大学之所以为大学，全在于有没有好教授。孟子说:“所谓故国者，非谓有乔木之谓也,有世臣之谓也。”我现在可以仿照说:“所谓大学者,非谓有大楼之谓也,有大师之谓也。”

梅贻琦 1931 年 12 月 3 日

联大是 1938—1946 年抗日战争时期由清华、北大、南开在昆明联合组成的大学。1937 年三校在长沙组成临时大学时,共有教师一百四十八人,其中清华七十三人,北大五十五人,南开二十人。八年之内,毕业学生计清华七百二十八人,北大三百六十九人,南开一百九十五人(联大学籍的不计算在内)。如以师生人数而论,要算清华最多。

如以领导而论,则北大校长蒋梦麟(1886—1964)学历最高（美国哥伦比亚大学哲学博士），南开校长张伯苓

(1876—1951)年龄最大，比蒋梦麟年长十岁；而实际在联大工作最长的却是清华校长梅贻琦(1889—1962)。虽然他学历不如蒋梦麟高，只是美国芝加哥大学硕士，而论资历又是张伯苓的学生。

蒋梦麟十二岁时进了绍兴中西学堂，成了蔡元培的学生。在美国师从杜威研究教育，兼在《大同日报》撰述，那时认识了孙中山。孙先生对他的评价是："少贤(蒋梦麟字)他日当为中国教育泰斗，非知之艰，行之为艰，少贤有焉！然对于革命议论风发泉涌，笔利如刀，又宣传家大手笔也。"1911 年武昌起义后，他每天为《大同日报》写社论一篇。1919 年他代理蔡元培为北京大学校长；1928 年任教育部长；1930 年任北大校长。

1937 年在长沙临时大学时，蒋梦麟和张伯苓巡视学生宿舍，看见房屋破败，蒋校长认为不宜居住，张校长却认为学生应该接受锻炼，有这样的宿舍也该满意了。于是蒋说："倘若是我的孩子，我就不要他住在这宿舍里！"张却针锋相对地表示："倘若是我的孩子，我一定要他住在这宿舍里！"由此可以看出他们之间的思想矛盾。当时梅贻琦也在场，没有表态，但从他到昆明后租用昆华农校、工校的教学大楼，又租昆华中学北院和南院作为学生宿舍，可见他是尽量不让学生住破败房屋的。等到联大新校舍盖成后，他又让学生住进漏雨的草顶茅舍，可见他也不反对学生接受锻炼。就是这样，他调和了蒋、张两位校长之间的矛盾，使三个大学团结得像一个学校。

早在二十世纪二十年代，我就看到过蒋梦麟博士翻译的美国威尔逊总统的演说，那时我只喜欢听故事，看小说，对用文言文翻译的演说词不感兴趣。到联大后，第一次参加全校大会听蒋校长讲话，看见他戴一顶礼帽，穿着长袍马褂，脸比我想象中的瘦，架了一副金丝眼镜，留了小八字胡须，说话带有很浓的浙江口音。我本来以为他会讲大学生应该如何学习，不料他只批评了一些同学不遵守校规，有损学校的名誉，使我大失所望。第二次见到他是在农校大操场上体育课时，他还是穿长袍，拿了一根手杖走来，用英语和马约翰打招呼，使我感到意外。第三次见到他时，他的穿着和第一次一样，不过这次不是训话，而是陪同当时的教育部长来讲《唯生论》。后来他在重庆任行政院秘书长，就没有再来联大了。

1940 年张伯苓在重庆任参政会议长，5 月到昆明来，联大剧团多是南开学生，要在第二食堂演剧，表示欢迎。但是食堂没有座位，剧团就把图书馆的长凳搬来。剧团分发戏票不公，晚上到图书馆来的同学既没有凳子，又没有戏票，于是就闹事了。我在 5 月 12 日的日记中有记载：

> 联大剧团等五团体演剧，只让一部分同学去看戏。剧本来说是七点钟开演，到了八点半人还没有全进去。忽然听见第二食堂门口闹起来了，有人大声叫

喊:“凳子!凳子!你们演戏要凳子,难道我们看书倒不要凳子了? 凳子! 凳子! ”

身上挂着红绸带的查票员想要解释。

“不听!不听!凳子!凳子!我们要进去拿凳子!”

桌子被推翻了,查票员被推开了。

有人叫:“通! ”有人喊:“冲! ”

同学们开始冲进去,里面的纠察员赶来拦住。

冲在前面的同学高举着手,大叫:“凳子! 凳子! ”

里面的人抵不住这一股“铁流”,几个人冲进去了。

里面的人想要关起门来,只关住了一扇,冲进去的人把住了另一扇。

“铁流”滚滚进来,两扇门都被冲开了。

查票员忽然都变成了笑脸,不但不查票,反而请大家坐了。

“我们不要看戏! ”

于是一个人拿了一条长凳,又退出了第二食堂。

5月16日上午,张伯苓校长在昆中北院大操场上讲话,他的脸下半比上半更宽,戴一副玳瑁眼镜,穿一件深色长袍,说话是北方口音,显得人很豪爽。他批评了演戏那晚闹事的学生。他在台上讲话,梅校长站在他右边。他就对我们说:“你们要向月涵(梅贻琦字)学习,他是南开第一班第一名。”讲完了话,他不要梅校长搀扶,虽然已经六十多岁,还从台上跳了下来，吓了大家一跳，他却面不改色，满不在乎，可见身体锻炼有素。看来联大三位常委配合得非常好：清华梅校长管智育，北大蒋校长管德育，南开张校长管文体，所以联大学生能德智体全面发展。

三位常委之中，我们见得最多的是梅校长。他的脸不宽不瘦，戴的眼镜不如张校长的粗，又不如蒋校长的细，常穿灰色西服，有时也穿深色长袍，说话走路都从容不迫，即使日本飞机来炸昆明，他和学生同在郊外跑警报，也是不慌不忙，安步当车，温文尔雅，很有绅士风度，是联大同学最敬爱的校长。每次全校大会，都是他亲自主持，他的讲话谈到大学的目的是：一要研究学术，二要造就人才。给我印象最深、影响最大的一次，是在新校舍第一大食堂的讲话，他说大学生的主要责任不是别的，就是读书。

1941年美国志愿空军第一大队（就是陈纳德上校率领的飞虎队）来到昆明，参加对日作战，因缺少英文翻译，于是梅校长要联大外文系三四年级的男学生一律参军，去当译员。我被分配到机要秘书室翻译军事情报。机要秘书林文奎少校是航空军官学校第一期第一名毕业生，也是清华大学1933级校友。梅校长到秘书室来了解联大学生工作情况，并对我们嘘寒问暖，使我们感到虽然离开了学校，还是一样受到学校的关怀，这是我个人第一次和梅校长的接触。

1949年我在巴黎大学时，梅校长来巴黎开会，我们十几个清华和联大的校友在金龙饭店宴请他。在宴席上，他讲了一个笑话，说男人在一起开会，有人提议怕老婆的站一边，不怕的站另一边，结果只有一个人不怕。人家问他怎么不怕老婆。他说他老婆叫他不要站到人多的地方去。大家笑了，也不知道这个“老婆”是实指还是虚指，有无象征意义。我们还陪梅校长去了卢浮宫、歌剧院、香榭丽舍、凡尔赛、枫丹白露宫等地。枫丹白露是拿破仑战败后告别法国的地方，梅先生会不会见景生情呢？

梅校长平日沉默寡言，说话慢条斯理，吴组湘《民国百人传》(一)88页上有记载："国立各大学之间另有聚餐在骑河楼清华同学会会所内随时举行，有梦麟北大校长，梅月涵(贻琦)清华校长，……月涵先生是迟缓不决的，甚至没有意见的。梦麟先生总是听了适之(胡适)的意见而后发言。……清华会餐席上，适之先生是其间的中心，梦麟是决定一切之人。"由此可见，在决断上，蒋、梅两位校长形成了对照；在发言时，梅、胡两位校长更形成了鲜明的对比。胡适能言善辩，讲课令人神往。《胡适的日记》1931年2月10日记有："在二院大礼堂，听讲者约三百人，有许多人站了约两点钟。"我认为这是讲学的最高成就。

联大和哈佛

《纽约时报》网站2007年6月10日报道:“为了听课来哈佛太傻了。想和地球上最聪明的人在一起,你就来哈佛。”我看,这句话如果要应用到1938—1946年间的联大身上,可以说联大胜过哈佛。因为联大不但有当时地球上最聪明的头脑,还有全世界讲课最好的教授。

我在联大八年,听过不少精彩的讲课。如闻一多先生讲《庄子》时,教室外面都挤满了人。他讲到《逍遥游》的错简,使学生恍然大悟、豁然贯通。他讲《诗经·汝坟》时,把饥渴理解为情欲,把“鲂鱼赪尾”理解为情欲如火的象征,把“王室如燬”理解为王孙公子情急如焚,把前人讲不通的诗句一下讲通了。无怪乎汪曾祺要说:闻先生讲《诗经》,古今无双了。但是他认为闻先生应该多搞学术研究,少搞政治活动,引起了闻先生的不满。

假如把闻先生比作一团烈火,那就可以把朱自清先生比作一潭清水。闻先生像“飞流直下三千尺”“不尽长江滚滚来”，朱先生却像“闲云潭影日悠悠，物换星移几度秋”。朱先生是“气蒸云梦泽”，闻先生却是“波撼岳阳城”。闻先生讲课时异峰突起，令人惊心动魄。朱先生却平淡如水，其味隽永，使人觉得原来如此！如朱先生讲“比兴”时说：“比体诗”有四大类——咏史（以古比今）、游仙（以仙比俗）、艳情（以男女比君臣）、咏物（以物比人）。“兴”却是见景生情。有时“比兴”难分，如《诗经·关雎》：“关关雎鸠，在河之洲。窈窕淑女，君子好逑。”如果说诗人看见成对成双的雎鸠，就想到自己意中的窈窕淑女，那是“兴”。如果把自己和淑女比作一对雎鸠，那却是“比”了。中国诗的“亦比亦兴”，使得诗的蕴含丰富，解释多样，是西方诗难相比的。因为中国诗的“比兴”往往合而为一、难解难分，而西方诗却比是比、兴是兴，泾渭分明。如艾略特的《荒原》，把比喻生硬地插进诗里，没有消化，无怪乎钱锺书先生挖苦地把他的名字译成“爱利恶德”了。

联大教授中有诗人闻一多、散文家朱自清、小说家沈从文——沈从文多写农民和兵士。写工商界人士的作家茅盾和剧作家曹禺、写知识分子和小市民的老舍、写知识青年和革命者的巴金都到联大来作过报告。在短短的八年之中，哈佛大学不可能有这么多文学精英、全世界的聪明头脑都集中到一个学校来了吧！

沈先生在他的小说《边城》中提到小说中的人物时说：

“他们是正直的,诚实的。生活有些方面极其伟大,有些方面又极其平凡。”可见他是要寓伟大于平凡的。

汪曾祺写了一篇小说,里面有许多对话。他尽力把对话写得美一些,有诗意,有哲理。沈先生看过之后说:“你这不是对话,是两个聪明脑壳打架……”由此可以看出他对平凡的看法,平凡就是普普通通的话要尽量写得朴素,这样才能算真实。但沈先生并不反对写聪明的脑壳,正相反,当读到汪曾祺神来之笔的时候,沈先生说比他自己写得还要好,并且破格给了他一百二十分。例如汪曾祺关于韩愈和温庭筠、李商隐的评价就备受赞许:“眼看光和热消逝了,竭力想找出另一种东西来照耀漫漫长夜的,是韩愈;沉湎于无限晚景,以山头胭脂作脸上胭脂的,是温飞卿、李商隐。”联大有这样一些头脑聪明而又循循善诱的教授,所以就培养出了这样一大批人杰。

不过人杰并不是完全靠学校培养出来的,多半要靠自己的才能和努力,学校只是提供一个可以自由发展的环境而已。汪曾祺在联大时不太喜欢上课,常夜里在图书馆读书写作,白天却在宿舍里睡觉,下午又泡茶馆聊天。结果毕业前中文系问朱自清先生愿不愿要汪曾祺做助教,朱先生却因为汪不上他的课而拒绝了。但杨振声先生开“汉魏六朝诗”课,因为汪曾祺写了一篇短短的报告《方车论》,从一个合乎情而不合理的奇特想象中发掘出了诗中人物依依惜别的感情,杨先生宣布汪曾祺免予考试,却可得到学分。

由此可以看出联大百花齐放、兼容并包的学风。这种学风造就了汪曾祺这样的人才，但他却因为“大二英文”和体育不及格，不能毕业。这和比尔·盖茨 2007 年才补领哈佛毕业文凭不是有相似之处吗？汪曾祺英文不及格，虽然没有拿到文凭，却使他知道了英文的重要，甚至说：“不懂英文的作家，只能算半个作家。”他英文虽然不及格，但考试时不会说“刮胡子”，却会用“把胡子去掉”来代替，这就是作家的本领了。我看联大对才子应该不拘一格，对汪曾祺这样的学生应该采取杨振声先生免考的办法，那就可以两全其美了。中文系同学何国基考了几次联大都没考取，后来写了一个剧本给朱自清先生看，才被破格录取的。这和钱锺书数学不及格却被清华破格录取不是一样的吗？我认为这也是联大可以和哈佛相比的地方。

联大的中文系应和哈佛大学的英美文学系进行比较。就我所知，当时哈佛英文系最著名的教授是基特里奇（George Kittredge），他的主要贡献是编辑了《莎士比亚全集》的校勘本。闻一多校勘的《诗经》《楚辞》，朱自清校勘的《乐府》，钱锺书的《宋诗选注》，不是可以和他比美的吗？而沈从文的小说、曹禺的戏剧、朱自清的散文、闻一多的诗，却是哈佛很难有人可比的了。

联大的外文系则应该和哈佛的东方语言系进行比较。当时联大外文系只有一位教育部聘的教授，那就是吴宓先生。吴先生是中国比较文学的奠基人，他的中文和英文水平都不是当时英美任何汉学家所能比拟的。他是哈佛的毕业生,在联大外文系讲"欧洲文学史",用的方法和哈佛的完全一样,所以外文系的精英等于身在联大,心却可以去哈佛。后来他们集体完成了《唐诗三百首》的英译,而这是闻一多先生和英国教授白英所想做而没有完全做到的,自然更是哈佛东方语言系做不到的了。吴宓还是清华大学中文系第一任系主任,第二任是杨振声,第三任才是朱自清。这样学贯中西的教授,哈佛却是少有的。

联大外文系主任是叶公超。赵萝蕤在《怀念叶公超老师》一文中说:"他一目十行,没有哪本书的内容他不知道。作为老师,我猜他不怎么备课,……他只是凭自己的才学信口开河,说到哪里是哪里。反正他的文艺理论知识多得很,用十辆卡车也装不完的。"叶公超后来当上了国民党政府的"外交部长",这和哈佛的基辛格也许可以相比吧!

历史系陈寅恪先生是哈佛出身。他讲课时,不讲书上讲过的,不讲前人讲过的,也不讲自己讲过的。这种讲法,不知道哈佛有没有先例。陈先生的独立精神表现在他不畏权势上。这种精神和思想表现在学术上,则是他写了一部八十多万字的《柳如是别传》,说柳如是不但淹通文史、兼善词曲,而且才华盖世、名节俱高,独立精神与自由思想远非一般文人可比。周一良说:"陈先生开辟了运用文学作品阐述历史问题,又利用历史知识解说文学作品的崭新途径,左右逢源,令人叹服。"这就是"以诗证史"。但历史系1943

级系友何兆武却认为陈先生不是“论从史出”，由此可见联大聪明人多，百花齐放，百家争鸣。这就造成了联大自由民主的学风。何兆武说：“江山代有才人出……问题是给不给他自由发展的条件。没有思想的自由，没有个性的发展，就没有个人的创造力，而个人的独创能力实际上才是真正的第一生产力。”

历史系教西洋史的皮名举教授也是哈佛出身，他是我认为讲课讲得最好的历史系教授。我听过他讲的“西洋通史”。一年后我走过他讲课的教室，听见他讲得那么津津有味，虽然我已经听过一遍，但还是站在教室窗外又听了一次，可见他讲课的吸引力之大。皮先生讲西洋史，同时联系中国古代史。如讲欧洲民族大迁移时，他联系到《诗经》中记载的公元前1796年的周民族大迁移，这恐怕是哈佛教授难以做到的。哈佛有一个讲中国史的教授却是联大校友何炳棣。那时有的西方史家认为华夏文化源自中近东，何炳棣却根据地下发现的七千年前的实物化石证明中华民族是土生土长的。由此可见在文史方面，联大比起哈佛来是有过之而无不及的。

历史是哲学的分析，哲学是历史的综合。二十世纪，综合中国哲学史的学者是联大文学院院长冯友兰。冯先生把二十世纪以前的中国政治文化总结为“礼乐”之治，“礼”模仿自然界外在的秩序，“乐”模仿自然界内在的和谐。这就是顺应自然、天人合一的思想。据联大校友、数理逻辑学家王浩说：冯先生最大的本领，是把复杂的问题简单化。“礼乐”是两千五百年前孔子提出来的，目的是要培养好人。同期，西方柏拉图提出了“音乐”和“体育”的教育方针——其中“音乐”和“礼乐”是一致的，“体育”和“礼乐”却不相同，着重的是力量，要跑得更快、跳得更高，充分发挥个人的能力，目的是要培养强人。哈佛大学最著名的哲学教授山塔雅纳（George Santayana）提出，理性是对神性的模仿，宗教是用人的想象来解释人的经验，这和联大教授的解释又不相同。总之，西方“强人征服自然”的思想增加了西方的硬实力，中国“人与世界和谐相处”的思想却增加了东方的软实力。东西思想结合，取长补短，就可共同建设一个更加美好的世界。

我在联大读的是外文系，所以只能谈谈文学院的概况。至于理工学院，联大培养的人才更多。除了荣获诺贝尔物理学奖的杨振宁、李政道之外，还有“两弹一星”的功勋科学家朱光亚、邓稼先、屠守锷、王希季以及国家最高科学技术奖的得主黄昆、叶笃正、刘东生等。近来国际大学排行榜最重要的排名依据是看培养了多少杰出的人才，不知道有没有人研究过1938—1946年间世界著名大学的排名榜。如果比较一下，联大不一定会落在哈佛之后。自然这个研究需要全面，学术研究成果不仅限于联大八年，还要包括后来的成果在内。教学物质条件也要考虑，但并不是物质条件越好，排行名次就越占前——恰恰相反，应该是条件越困难越占先，那联大就可和哈佛相提并论了。

译坛

逐梦

出国·巴黎·牛津

一张文凭，仿佛有亚当、夏娃下身那片树叶的功用，可以遮羞包丑；小小一方纸能把一个人的空疏、寡陋、愚笨都掩盖起来。

——钱锺书《围城》

1948年6月8日，我登上了钱锺书在《围城》中描写过的法国邮船。这条船除了"每分钟把玷污了人气的一小方水面，还给那无情、无尽、无际的大海"之外，还"道是无情却有情"地把中国第一位核物理学家钱三强带回了国，又带走了一位外交官、一个未来的大明星、三位新科状元。外交官是当时的中国驻法公使凌其翰，此外还有驻利物浦副领事贺其治（我中学同班）的夫人，但我们"相见不相识"。大明星是卢燕，那时还只是一个梳着两条小辫子的小姑娘，可惜我没有识人的慧眼。三位状元是文科的王玖兴、法科的端木正、理科的王乃梁，都是清华、联大的同学。

我们在船上住了半个月，6 月 24 日才离开上海。海上晕船，我的法文日记写得非常简单，海景只化用了王勃的名句“落霞与海鸥齐飞，碧波共长天一色”。27 日到香港，海水慢慢显得更深更蓝了，仿佛是蓝宝石熔化成了液体。7 月 1 日船到西贡，要经过蜿蜒曲折的湄公河才能进港，大有“山重水复疑无路，柳暗花明又一村”之感。5 日到新加坡，星光和灯光交织的夜景使人仿佛置身天上人间。10 日到科伦坡，还没进港我就看见了世界最高的天然喷泉。我本来想去看看世界闻名的大象，但是时间不够，只好在邮局买了几张中学时代朝思暮想的大象邮票，就算是画“象”充饥了。11 日进入印度洋，大风大雨，浪高如山，天翻地覆。人吃不下，也睡不着，一连七天七夜，折磨得年轻人都变老了。这使我想起了柯勒律治在《古舟子咏》中说的：

水呀，水呀，到处是水，
泡得船板起皱；
水呀，水呀，到处是水，
却休想喝一口。

18 日船到吉布提，只有一家酒店，依然“休想喝一口”清茶。船进入红海，24 日过苏伊士运河，有如“人在画中行”。入地中海后，风平浪静，“水绿如蓝”。莫泊桑在《水上》

日记中写得好：

海上没有汹涌的波涛，……我看见在遥远的天边，在依然朦胧的尼斯城上空，有粉红色的奇光异彩，这是晨曦照亮了阿尔卑斯山顶上的冰川。

远在群岛后方，是峰峦起伏的埃斯特勒山脉。这座山是戛纳城的天然布景，是山水画册中令人神往的珍品。它的颜色是蔚蓝的，线条清晰，剪裁奇特，娇媚多姿，却又富有艺术情趣，仿佛是顺从人意的造物主用水彩在舞台布景上画下的远山，供有闲情逸致的王孙公子赏玩。

埃斯特勒山晨夕万变，景象万千，使那些高雅人士心醉神迷，目不暇接。

早晨，这条山脉的轮廓被蓝天清晰地衬托出来。天蓝得柔和纯净，有点发紫，非常悦目，是南方海滨再好不过的蓝天。到了傍晚，山坡上的树林变得阴沉沉、黑压压的，给如火如荼、红得惊心夺目的天空镶上了一条黑边。我在任何地方也没有见过这种日落的仙境，这种燃烧整个天边的烽火，这种火山爆发似的彩霞，这种宏伟无比、精妙绝伦的表演，这种每天周而复始的灿烂辉煌、奢侈富丽的景色。即使这是画家巧夺天工的妙笔，也会使人莞尔微笑，百看不厌的。

我在地中海上看日出、日落，读莫泊桑的《水上》日记，真是情景交融，其乐无穷。后来我把《水上》翻译出版，上面一段就是一个译例。我在船上还读了诺贝尔文学奖得主纪德的《窄门》，纪德的译者盛澄华托林宗基带了一颗铜印送他，宗基要我代写封法文信，还得到了纪德的亲笔回信。

除了读书，我们又向同船的一位法国神甫学习法语。我说得快，但往往是把英语变成法语；王乃梁是学地理的，他说得稳，能够注意英语和法语的同异。例如“进入”这个动词，我只看到英语和法语形似的地方，所以不假思索，就脱口而出；乃梁却注意到英语的“进入”是及物动词，法语的是不及物动词，用法并不相同。

我们在船上也常打桥牌，乃梁和我在清华大学合作过，配合比较得心应手。我自己发明过“问答式”叫牌法，独创一格；乃梁却知道几种问牌法，能博采众家之长。我叫牌偏高，喜欢利用对方的弱点，出奇制胜；乃梁却稳扎稳打，能弥补我的缺点。我们的牌友是左景权和倪连生：左是历史系的银牌得主，左宗棠的孙子；倪是联大同学，教育系第四名公费生，后来我们曾同事多年。此外，乃梁、宗基、端木正和我有时也玩玩扑克牌。

7 月 30 日船到马赛，中国留学生都住在安茹旅馆，同去吃了一顿世界闻名的法国大龙虾。不料龙虾越大，味道倒越像鱼，反而不如中国的河虾鲜美，可见饮食不能贪大求洋。31日参观市容，浏览名胜，晚上同倪连生、左景权等去露天歌剧院听《维特》。座位越近票价越高，留学生只买得起后排票，既看不真，也听不清，可见看戏不能舍近求远。8月1日，我同林宗基去了伊夫岛。岛上的碉堡因关过铁面人而闻名于世，附近的岩礁曾是帕格尼尼的葬身之所。莫泊桑在《水上》日记中有精彩的描写：

> 岩礁上尖石林立，好像一只豪猪，它是如此嶙峋嵯峨，到处竖着狼牙虎爪，枪尖刀锋，使人寸步难行。一定要把脚踏在四面是尖锋的空隙当中，才能提心吊胆地前进一步。……假如就让帕格尼尼这位不同凡响的小提琴家，安眠在这岩礁上，静听汹涌澎湃的海浪和犬牙交错的怪石合奏的交响乐，岂不更妙？

远远望去，伊夫岛是海上珍宝；上岛一看，却只剩下了断壁残垣。倒是周围的海水蓝得像天堂，是理想的葬身之所。相形之下，海滨浴场反倒成了人间炼狱。

8月1日晚上，我同宗基乘火车离开马赛。2日早上，我们到达巴黎里昂车站。我们住在巴黎十五区许弗仑林荫大道一百四十九号：我住五楼，宗基住三楼；王佐良、陈舜礼从牛津来巴黎，住在四楼；佐良走后，廷揆接他的班。王、陈、李三人都是新科状元，所以一百四十九号成了状元府。

关于我的卧室，8月8日的法文日记中写道："开窗一望，可以看到古老的建筑鳞次栉比，好像精工雕镂过的云南石林。两排法国梧桐用郁郁葱葱的树叶遮住了三楼的窗户，看来似乎是环绕大理苍山的绿色玉带云。再加上星罗棋布的雕像和草地，巴黎真成了城市中的花园。"可惜这座花园城的秋天和昆明的春天一样长。魏尔伦在他的名诗《秋之歌》中写得好：

秋风萧瑟，琴声呜咽，余音长；
单调无力，令人悲戚，心忧伤。

暮色苍茫，晚钟凄凉，人无语；
往事多少，涌上心头，泪如雨。

无所事事，随风所之，如落叶；
秋风无情，东西飘零，伤离别。

巴黎的秋天如果下起雨来，那秋声就更加萧瑟了。我在法兰西语言学院学习法文时，写过一篇《巴黎的雨天》，现在摘要译成中文如下：

秋雨是黑夜的助手，又是黎明的凶手，它侵占了白天的领地，却延长了黑夜的统治。巴黎这座古城，即使在天气晴朗的日子，也不过是风韵犹存的半老美人。秋雨一来,又在墙壁上画下了皱纹,在街道上投下了阴影,留下了岁月的脚印。秋风一起,梧桐树都哆哆嗦嗦抖下了身上的枯叶,露出了光秃秃的树枝,在风雨飘摇中诉说自己的痛苦。杜邦咖啡店的三排桌椅,虽然侵占了人行道的地盘,却留不住行人的脚步,只有稀稀落落的几个顾客坐在柜台跟前。橱窗里陈列的不是时装,而是风雨大衣。平时车如流水马如龙的歌剧院,现在也门前冷落车马稀了。十字路口的红绿灯,在没精打采地眨着眼睛。只有卢森堡公园的草地、巴黎圣母院墙上的爬山虎、塞纳河长满苔藓的堤岸正在开怀畅饮。教堂塔楼钟鸣五下,就敲响了白天的丧钟。夜幕随着枯叶飞下,黑暗又笼罩了大地。偶尔有几辆汽车用灯光划破了黑暗,汽车一过,黑夜又吞噬了街道。只剩下彻夜不眠的街灯,伴着颤抖的枯枝,在等待着天明。

正如街灯等待天明一样,我也在等待巴黎大学开学。但巴黎大学的暑假和冬夜一样长,我就在8月14日跨海北上,去了英国牛津。早在中学时代,我已经读过林语堂的《话牛津》:

你到了牛津大学,就同到了德国一个中世纪的小城一样。有僧寺式的学院,中世纪的礼堂,古朽的颓垣，弯曲的街道，及戴方帽穿袈裟的学士在街上走，令人恍惚如置身另一世界。

……学生愿意躲懒的，尽管躲懒，也可毕业。愿意用功的人，也可以用功，有书可看，有学者可与朝夕磋磨，有他们所私淑的导师每星期一次向他聊天谈学——这便是牛津的大学教育。

记得志摩这样说过：他在美国大学跟人家夹书包，上课室，听演讲，规规矩矩念了几年，肚子里还是个闷葫芦，直到他到了剑桥，同朋友吸烟谈学，混一年半载，书才算读“通”了。……牺牲了高才生以就下愚，这是通常大学教育最冤枉的一件事。

……（牛津）仍然不失其为一国最高的学府，一个思想之中心。所以“牛津学生走路宛如天地间唯我独尊”……

我到牛津，住在表叔熊式一家里。表叔二十世纪三十年代在英美上演英文剧《王宝钏》，得到萧伯纳的赞赏，红极一时。他的名字曾用霓虹灯管组成，高挂伦敦、纽约街头，是在欧美最出风头的中国人。后来他译了《西厢记》，林语堂认为诗味不足。于是，我就把他的散体译文改成韵文了。

他的大女儿德兰、大儿子德威都规规矩矩在牛津大学念了几年英国文学，二儿子德倪也念了几年英国历史。中国留学生中，杨周翰步熊德兰的“后尘”，在牛津读到毕业；

许国璋则步徐志摩的“后尘”，在剑桥“同朋友吸烟谈学，混一年半载，书才算读‘通’了”；王佐良走的是钱锺书的道路，既在牛津念了一个“文学士”的学位，又打算去巴黎读书谈学——所谓“文学士”，是按照字面直译的。有人译成“硕士”，有人译成“副博士”，是否恰当可以研究。据在牛津拿到硕士学位的熊德倪告诉我：牛津硕士只授予本校毕业生，学士交费三年之后，就可授予硕士学位，因此“文学士”不是硕士。而“副博士”呢？那是二十世纪五十年代苏联的产品，和三四十年代的牛津风马牛不相及。因此，我只好直译了。钱锺书的“文学士”论文题是《十七、十八世纪英国文学中的中国》，王佐良的论文题是《约翰·韦勃斯特的文学声誉》。

我来牛津游学，自然不能规规矩矩地念几年书。何况德威告诉我说：牛津一年分三学期，每学期只上八周课，一年上课时间不到半年。像我这样，还是走徐志摩的道路，交交朋友读读书好，而表叔家的朋友如云。

表叔是中国的名人，那时用英文写了一本《天桥》，得到英国桂冠诗人曼殊斐儿的赞赏，已经译成法文，在巴黎书店橱窗里展出；德兰是女作家，作品有长篇小说《求》；德威曾将赵树理的《小二黑结婚》译成英文；德倪更译过老舍的名著《牛天赐传》。他们一家父子姐弟都是文人，无怪乎中国访英的名人学者没有不到他家来的。我在牛津期间，在他家里见过曾任外交总长的王正廷、和鲁迅笔战过的

《西滢闲话》的作者陈西滢、联合国教科文组织的司长程其保（他的儿子程纪贤即程抱一，后来成了巴黎大学的名教授）、写了英文本《红楼梦研究》的牛津大学中文教授吴世昌以及诗人卞之琳等。至于中国留学生杨周翰、王佐良、程镇球等，更是他家的座上客，常来他家用餐。餐后自己洗碗，晚上谈学论文，真是牛津的“中国沙龙”了。

但我不想走王佐良的道路，因为我在清华已经研究过十七世纪的桂冠诗人德莱顿，再研究一个二三流作家，对自己的提高帮助不大，不如去巴黎大学另辟蹊径。我就回法国去了。

回国之后

五十年代翻英法，
八十年代译唐宋。

回国之后，二十世纪五十年代我在北京西苑、香山、新北京等外国语学院教授英文、法文。1956 年，上海新文艺出版社出版了我译的英国德莱顿的诗剧《一切为了爱情》（又名《江山殉情》）。德莱顿在英国文学史上地位很高，英国甚至把十七世纪叫作“德莱顿世纪”，认为《一切为了爱情》的艺术水平高于莎士比亚的《安东尼与克柳芭》。而这本译著是我国出版的第一本德莱顿名著，并且直到目前为止，还是唯一的一本。

1958 年，人民文学出版社出版了我译的法国罗曼·罗兰的小说《哥拉·布勒尼翁》（鲍文蔚校，但是一字未改），得到罗曼·罗兰夫人的好评。后来，《法汉翻译教程》中还引了一段译文，作为保留原文神韵的例子——“我游手好闲，好吃懒做，放荡无度，胡说八道，疯头癫脑，冥顽不灵，好酒贪饮，胡思乱想，精神失常，爱吵爱闹，性情急躁，说话好像放屁。”因此，我在前面的诗中说“五十年代翻英法”。

法国文学中，我还译了巴尔扎克的小说《人生的开始》和莫泊桑的《水上》日记。但是当时出书，需要我所在的外国语学院同意。而学院认为我名利思想严重，不能出版，所以这两本书稿在出版社放了二十多年。话又说回来，塞翁失马，焉知非福？鲍文蔚《巨人传》的续稿，在“文化大革命”抄家时被没收，至今下落不明。鲍先生临终还引为遗恨，这也是中国翻译界无法弥补的损失。我的书稿却是“大难不死，必有后福”。“文化大革命”后，人民文学出版社出了梁均译的《人生的开端》。我把两种译文一比，认为梁不如我。例如他的“英国人用骄傲来封住自己的嘴巴”，我却说是“英国人以为咬紧牙关，一言不发，可以抬高身价”。我还写了一篇《巴尔扎克译论》，提出“发挥译语优势”的原则，得到翻译界的好评。于是，上海译文出版社在1983年出版了我译的《人生的开始》。我在扉页上写道：“译时三十六，出时六十三。”不料福有双至，1986年人民文学出版社出《巴尔扎克全集》时，没有选用梁译，却把我的译本改名《入世之初》出版了。同时，《水上》也选入了《外国文学小丛书》。书中说：“什么是谈天？这是一种妙不可言的艺术，一种永远不显得枯燥无聊，说到什么都津津有味，随便用什么也能讨人欢喜，不用什么却能引人入胜的艺术。"《水上》就是"谈天"，无怪乎托尔斯泰说这是莫泊桑最好的作品了。法国文学研究会会长罗大冈读了译本后说："传神与传真两全其美，可谓上品。"

二十世纪六十年代，我在张家口外国语学院任英文教授，没有出版一本译著。1966年，我的译著受到批判——德莱顿是宣扬爱情至上主义，罗曼·罗兰则是鼓吹个人奋斗精神，都是资产阶级思想。而出版了的英法文译本都把诗词译成分行散文了，读后得不到原诗的美感。

二十世纪七十年代，我在洛阳外国语学院教授英文、法文，同时继续接受批判，改造思想。直到1976年，我才开始得到第二次解放。那时，国内新出版了《毛泽东诗词》的英译本，听说是钱锺书教授定的稿。我就写了一封信给他，同时把我的译文寄去。他的回信说传抄作品不可靠，我的译文甚至胜过了传抄的原作，就像波德莱尔法译的爱伦·坡著作胜过了英文原本一样。这给了我很大的鼓舞。我又把译稿寄给美学大师朱光潜教授，他的回信也说其他译文"较之尊译均有逊色"，这又肯定了我"以诗译诗"的信心。当时我不能和国外直接联系，只好请林宗基的芬兰夫人替我把译稿寄去美国密歇根大学中国文化研究所。所长费尔沃克教授回信，说译稿是"绝妙好译"。我把这些国内外的好评告诉洛阳外国语学院，建议学院出版《毛泽东诗词英法文格律体译本》，学院同意了。在中断二十年后，我总算又出书了。

那时小平同志号召:到二十世纪末,人均国民生产总值要翻两番。我已经出版了一本英译中、一本法译中,这次又出版了一本中译英、一本中译法,一共是四本。翻一番是八本,翻两番是十六本,加上已出的四本,到二十世纪末,我打算出二十本书。这样才能挽回中断了二十年的损失。

中美建交之后,小林(林同端)也从美国回来了。她送了我一本她和大哥同济合译的《周恩来诗选》,我写了一篇评论。她大哥读后,说我"眼明手快,能见人之所不能见"。他还向香港商务印书馆推荐我的《毛泽东诗词》英法译本,说我"英法兼通,为国内冠"。于是香港商务印书馆约我翻译一本《中国革命家诗词选》,包括孙中山、黄兴、秋瑾、毛泽东、周恩来、朱德、陈毅、叶剑英等的旧体诗词,如毛泽东的六言诗《给彭德怀同志》、朱德的《贺少奇五十寿辰于西柏坡》,还有一首关于刘伯承、邓小平将军飞渡黄河的,真可以说是一部中国革命的史诗了。尤其难得的是,西方史诗中的英雄是英雄,诗人是诗人,而中国史诗中的英雄就是诗人自己。试想想看:如果《伊利亚特》的作者就是阿喀琉斯和赫克托耳,那荷马史诗的价值不是更高吗?中国革命史诗取名《动地诗》,表示惊天地、泣鬼神的意思,1981 年在香港出版。《北京大学研究生学刊》1986 年第一期评论说:"译笔之美,使同类译家汗颜""在意美、音美的传达上,已入化境,译文堪与原作媲美""汉诗词的英译能到此境界者，古今中外，实不多见”。

1982年，香港商务印书馆又出版了我英译的《苏东坡诗词新译》一百首，钱锺书教授说这是“壮举盛事”。苏词《念奴娇·赤壁怀古》中有一句：“故国神游，多情应笑我，早生华发。”词中“多情”二字众说纷纭，有人说是指周瑜，有人说是指苏东坡自作多情，该读作“应笑我多情早生华发”。我当时将其译成周瑜。后来读到郭沫若的遗作《读诗札记四则》，札记中说：“东坡幻想的词中世界（‘故国神游’），在赤壁之战时有小乔参加。出场人物为周瑜、小乔、诸葛亮，连东坡自己也加进去了。……‘多情’即指小乔。赤壁之战的当时，周瑜年三十四岁，诸葛亮年二十七岁。小乔不用说更加年轻。《赤壁怀古》作于宋神宗元丰五年壬戌（1082），东坡年四十七岁，由于‘神游’而加入一群古人之中，以他最为年老，故说小乔笑他有了白头发。这幅画面画得很入神。”后来，我出版《唐宋词一百首》英法译本时，就根据郭说把“多情”译为小乔了。我并不认为郭说更有理，而是认为他说得更美，但也不能说是失真。于是我就总结出了一条规律：译诗时“求真”是必需条件，“求美”是充分条件。译得不真没有达到低标准，真而不美没有达到高标准；应该在不失真的条件下，尽力求美。

那时，国内重新出版了吕叔湘编的《英译唐人绝句百首》和《中诗英译比录》。编者在《比录》的序中说：“初期译人好以诗体翻译，即令达意，风格已殊，稍一不慎，流弊丛生。故后期译人……率用散体为之，原诗情趣，转易保存。”吕先生序言的影响很大，散体论者纷纷引为根据，几乎形成了“分行散文”一统天下的局面。

1983 年，我来北京大学为英语系研究生开设“唐宋诗词英译”课程，1984 年又在西安出版了《唐诗一百五十首》英译本。在序言中，我针锋相对地提出：“散体译文‘即令达意，风格已殊’，慎而又慎，还会‘流弊丛生’，更不可能保存‘原诗情趣’。”

《绝句百首》中选了杨贵妃的《赠张云容舞》——罗袖动香香不已，红蕖袅袅秋烟里。轻云岭上乍摇风，嫩柳池边初拂水。还有美国意象派女诗人埃米·洛厄尔的英译文。现将《外国语》总第 88 期的还原译文抄录如下：

长袖摇摆。香气，甜蜜的香气
不断袭来。
是红色睡莲，红色睡莲
从秋雾之中　袅袅飘浮，袅袅飘浮。
朵朵薄云　被起伏的风吹拂，吹拂，
飘动，穿越山岭而过。
幼嫩的柳枝　触摸，擦过
园内池中　的水波。

吕先生说洛厄尔“这首诗译得很好，竟不妨说比原诗好。原诗只是用词语形容舞态，译诗兼用声音来象征。第一，它用分行法来代表舞的节拍。行有长短，代表舞步的大小疾徐。……第二，它尽量用拟声法……重复等等。所以结果比原诗更出色。”

我在《翻译的艺术》中提出不同的意见说：“我觉得原诗有如袅袅秋烟，轻云摇风，嫩柳拂水，节奏缓慢，从容不迫，读了好像看见唐代宫女在轻歌曼舞一样。而译诗给我的感受，却像听见美国女郎在酒吧间跳摇摆舞，时快时慢，如醉如痴，印象大不相同。”这就是说，散体译文“风格已殊”，没有保存“原诗情趣”。

吕先生知道了我的意见，不但不责怪我，反而约我合作修订《中诗英译比录》。原书只有五十几首古诗，译者都是外国学人（杨宪益除外，但他也有半边天在外国），译作都是二十世纪四十年代以前的。我就增选四十年代以后的中外译者作品，共选入一百首，1988 年由香港三联书店出版，1990 年又由台北书林公司重印。从这件事可以看出吕先生虚怀若谷、兼容并包的学者风度，真正令人敬佩。但有些人却抱住吕先生的旧观点不放，还在批评“诗体译诗”。更可气的是，北京有些刊物只登批评，却不登反批评，结果评者只好拿到外地刊物去发表。这也可以算是农村包围城市，外地包围北京吧！

美国康州大学教授斯特夫妇读了《唐诗一百五十首》的英译本后说：“译文很美，说明译者是可以和原作者媲美的诗人。”英国《唐诗三百首》的译者英尼斯·赫尔登也非常赞赏《翻译的艺术》中提出的“三美论”，就是译诗要尽可能传达原诗的意美、音美、形美。真是“墙内开花墙外香”了。

自然，唐诗中最重要的作品是《唐诗三百首》。国外虽然出版过几种英译本，但全都译成散体，不能保存原诗情趣。于是香港商务印书馆约我和上海译文出版社编辑吴钧陶合编一本诗体译本，由我定稿。我就约请北京、天津、上海、南京、杭州、南昌、长沙、成都等地高等院校英语教师共襄盛举。由于上海译稿较多，来往通信定稿不便，又加请上海外国语学院陆佩弦教授参加编辑。《唐诗三百首》于 1987 年在香港出版，后又在北京、台湾等地重印。这是第一部全由中国人翻成英文的译本，在国内外影响较大。如菲律宾《菲华文艺》二十二卷二期上说：“英译中诗选集之中，较为重要的有《唐诗三百首》，许渊冲等三位教授编，三十八位学者合译。许渊冲自译一百多首，炉火纯青；其他译者，多数译法与他相似，程度参差。”

译唐诗时，有时能够自得其乐。如王维的《鸟鸣涧》——人闲桂花落，夜静春山空。月出惊山鸟，时鸣春涧中。“桂花落”应是秋天，怎么又说“春涧”呢？有人说是“春桂”，我总觉得牵强。译时我说：“鸟鸣使山涧充满了春意。”自己觉得很美，认为解决了一个难题。又如李商隐的诗——晓镜但愁云鬓改，夜吟应觉月光寒。主语是男是女？谁愁谁吟？又众说纷纭。我在《唐诗一百五十首》中译成女方对镜，女方夜吟。后来觉得对镜、夜吟都是常事，怎能显得一往情深呢？于是在《唐诗三百首》中改为男方“夜吟”，女方“觉月光寒”，这样才算心心相印，“心有灵犀一点通”！后来新世界出版社要出《中国古诗词六百首》，其中三百首还将由英国企鹅图书公司出版。我又把前一句改成男方照镜，但愁女方的“云鬓改”，觉得这样才能表达“到死方尽”的刻骨相思。

1987 年，四川人民出版社出版了我英译的《李白诗选》一百首。美国约翰·霍普金斯大学恩格曼教授读后，说这是他所见到的译得最美的中国诗。我去桂林广西师范大学讲学，遇见美国休斯敦大学英诗教授莱特，他也说我译的《长干行》比庞德的译文好得多。而《中国翻译》1984 年第 9 期上说：“庞德译的中国诗影响了美国现代诗的创作。”又说：“庞德译的李白的《长干行》，就作为创作经常被选入近代英美诗选……效果却是意想不到的好。”

1987 年，北京外文出版社出了我的《唐宋词选一百首》法译本。国际比较文学学会第一任会长、巴黎大学艾江波教授来信说：“你的译文很好，再现了中文诗词的音韵节奏。但法国现在盛行自由诗，格律诗恐怕不容易有大市场。”

二十世纪八十年代，我一共出了十本唐宋诗词的英法译文，平均一年一本，所以我在前面的诗中说“八十年代译唐宋”。

自然，“译唐宋”并不是不“翻英法”了。恰恰相反，1986 年，人民文学出版社出版了我译的《雨果戏剧选》，包括《艾那尼》等六个名剧。1987 年，人民文学出版社又出了我和严维明合译的《昆廷·杜沃德》，这是司各特的名著。翻译时我和责任编辑有不同的意见，结果拖了几年才得出版。例如第二章引用了莎士比亚《温莎的风流娘儿们》第二幕第二场中毕斯托尔的一句话，编辑要我援用朱生豪的译文："那么我要凭着我的宝剑，去打出一条生路来了。"我认为朱译中没有原文"蚌壳"的形象，而同一形象，朱生豪在《安东尼与克柳芭》中却译成"那忠实的罗马人把这一颗蚌壳里的珍宝献给伟大的埃及女王"。所以我把引文改成"世界就是一个蚌壳，我要用刀剖出珍珠"。最后，编辑总算向译者让了"一条生路"。

附：著译评年表

1956 年

出版：

［英］德莱顿《一切为了爱情》（上海新文艺出版社）

1957 年

出版：

秦兆阳《农村散记》（法译本，合译，外文出版社）

1958 年

出版：

［法］罗曼·罗兰《哥拉·布勒尼翁》（汉译本，人民文学出版社 1958 年出版，1978 年重印，1984 年再次重印，2004 年收入北京燕山出版社《罗曼·罗兰精选集》）

1978 年

出版：

《毛泽东诗词四十二首》（英、法译本，解放军外国语学院）

发表：

《翻译中的几对矛盾》（《外国语教学》第 4 期）

1979 年

发表：

1.《如何译毛泽东诗词》(《外语教学与研究》第 2 期)

2.《“毛泽东诗词”译文研究》(《外国语》第 1 期)

3.《陈毅诗词选译》及前言(《教学研究》第 1 期)

4.《陈毅诗词选译》(二)(《教学研究》第 2 期)

5.《周恩来诗英译》及后记(《外语》第 2、3 期合刊)

6.《漫谈诗译——评周恩来诗选英、法译》(《现代英语研究》第 4 辑)

1980 年

发表:

1.《毛泽东诗一首》(《教学研究》第 1 期)

2.《评毛泽东诗词〈赠杨开慧〉英、法译文》(《现代外语》第 1 期)

3.《毛泽东词〈黄鹤楼〉译文研究》(《外国语》第 3 期)

4.《译诗记趣》(《编译参考》第 6 期)

5.《直译与意译》(上)(《外国语》第 6 期)

1981 年

出版:

《动地诗——中国现代革命家诗词选》(英译本,香港商务印书馆)

发表:

1.《翻译的标准》(《中国翻译》第 1 期)

2.《直译与意译》(中)(《外国语》第 1 期)

3.《直译与意译》(下)(《外国语》第 2 期)

4.《喜读〈鲁迅诗歌〉英译本》(《外语教学与研究》第3期)

1982 年

出版:

《苏东坡诗词英译》(香港商务印书馆)

发表:

1.《忠实与通顺》(《教学研究》第 1 期)

2.《译文能否胜过原文?》(《教学研究》第 2 期,后收入《当代文学翻译百家谈》)

3.《扬长避短,发挥译文优势》(《中国翻译》第 4 期)

4.《唐词选译》(《现代外语》第 2 期)

5.《如何翻译诗词——〈唐宋词选〉英、汉译本代序》(《外国语》第 4 期,后收入《诗词翻译的艺术》)

6.《李清照词译话》(《现代英语研究》第 1 辑)

1983 年

出版:

[法]巴尔扎克《人生的开始》(上海译文出版社)

发表:

1.《唐诗二首英译》(《英语世界》)

2.《谈唐诗的英译》(《中国翻译》第 3 期,后收入《北京大学论文选》)

3.《文学翻译等于创作》(《外国语》第 6 期)

4.《再谈“意美、音美、形美”》(《外语学刊》第4期)

1984年

出版:

1.《翻译的艺术》(论文集,中国对外翻译出版公司)

2.《汉英对照唐诗一百五十首》(陕西人民出版社)

发表:

1.《翻译的理论和实践》(《中国翻译》第11期)

2.《白居易的〈长恨歌〉及其英译》(《外语学刊》第3期)

3.《谈莎士比亚和德莱顿的〈安东尼与克莉奥佩特拉〉》(《莎士比亚研究》)

报道:

《意美、音美、形美》(《南昌晚报》12月)

1985年

发表:

1.《雨果戏剧的真、善、美》(《外国文学研究》第1期)

2.《翻译与评论》(《外国语》第6期)

1986年

出版:

1.《唐宋词一百首》(英译本,香港商务印书馆)

2.[法]雨果《雨果戏剧选》(人民文学出版社)

3.[法]巴尔扎克《入世之初》(人民文学出版社)

4.[法]莫泊桑《水上》(人民文学出版社)

发表:

《自学与研究》(《英语辅导》第 6 期)

报道:

1.《化翻译为艺术》(《中国日报》英文报道)

2.《译苑奇葩》(《北京大学研究生学刊》)

1987 年

出版:

1.《唐诗三百首新译》(主编,香港商务印书馆)

2.《唐宋词选一百首》(法译本,外文出版社)

3.《李白诗选》(英译本,四川人民出版社)

4.[英]司各特《昆廷·杜沃德》(汉译本,合译,人民文学出版社)

发表:

1.《谈英语和汉语》(《英语辅导》第 5 期)

2.《谈李商隐诗的英译》(《外语学刊》第 3 期)

3.《拜伦和中国诗比较》(英文,《外国语》第 1 期)

4.《三谈"意美、音美、形美"》(《深圳大学学报》第 2 期)

1988年

出版:

1.《中诗英译比录》(合编,香港三联书店)

2.《唐诗三百首新译》(重印,中国对外翻译出版公司)

发表:

1.《翻译的哲学(一):认识论》(《河南大学学报》)

2.《翻译的哲学(二):目的论》(《河南大学学报》)

3.《翻译的哲学(三):方法论》(《河南大学学报》)

4.《诗词英译漫谈》(《中国翻译》第3期)

5.《中国,诗的摇篮》(英文,《外国语》第3期)

6.《巴尔扎克译论》(《教学研究》第3期)

7.屈原《云中君》英译文(《英语世界》)

8.《联大与我》(《昆明师范大学学报》增刊)

报道:

《中国翻译家词典》词条(中国翻译家协会编)

1989年

发表:

1.[英]雪莱《云》汉译文(《英语世界》)

2.《毛泽东诗七首》英译文(《解放军外国语学院学报》第3期)

1990 年

出版：

1.《唐宋词一百五十首》（汉英对照，北京大学出版社）

2.《中诗英译比录》（翻印，台北书林出版有限公司）

3.[法]普鲁斯特《追忆似水年华》（合译，译林出版社）

发表：

1.《文学翻译与翻译文学》（《世界文学》）

2.《文学翻译：1+1=3》（《外国语》第 1 期）

3.《〈西厢记〉与〈罗密欧与朱丽叶〉》（《北京大学学报》英语专刊）

4.《〈水上〉两种译本比较》（《中国翻译》第 4 期）

5.《诗词·翻译·文化》（《北京大学学报》第 5 期）

6.《陈毅诗词选译》之三（《解放军外国语学院学报》第 6 期）

7.《钱锺书先生及译诗》（《钱锺书研究》）

8.[法]魏尔伦《秋之歌》等译文（收入《世界名诗鉴赏词典》）

9.第十一届亚运会诗歌九首英译

1991 年

出版：

1.[美]亨利·泰勒《飞马腾空》（中国对外翻译出版公司）

2.《唐宋词一百首汉英对照》（重印，中国对外翻译出版公司、商务印书馆）

发表：

1.约二十二首入选《中国古诗百首读》(华语教学出版社)

2.《翻译是科学还是艺术? 》(中英文,《英语世界》)

3.《诗词英译简史》(英文,《外国语》第 1 期)

4.《译诗六论》(《中国翻译》第 5 期)

5.《译诗六论》续(《中国翻译》第 6 期)

6.《谈翻译教学》(《山东外语教学》第 4 期)

7.《读钱漫笔》(收入《钱锺书研究》)

8.《英汉与汉英翻译教程》序(北京大学出版社)

报道:

1.《秀木孤且直》(8 月 17 日《文汇读书周报》)

2.《诗译英法唯一人》(12 月 25 日《北京晚报》)

1992 年

出版:

1.《中诗英韵探胜》(北京大学出版社)

2.《人间春色第一枝:诗经·国风欣赏》(英汉对照,河南人民出版社)

3.《人间春色第一枝:雅颂欣赏》(英汉对照,河南人民出版社)

4.《西厢记》(四本十六折)(英译本,外文出版社)

5.[法]福楼拜《包法利夫人》(译林出版社)

发表:

1.《陈毅诗词选译》之四、之五(《解放军外国语学院学报》第 1、2 期)

2.林徽因《别丢掉》英译文(《文学翻译报》6 月)

3.《汉英对照千家诗》选中译诗约二十首(武汉大学出版社)

4.《译学与易经》(《北京大学学报》第3期)

5.《李白与拜伦》(英文,《外国语》第3期)

6.《翻译对话录》(《北京大学学报》英语语言文学专刊第2期)

报道:

1.《中国日报》英文报道(5月12日)

2.《北京大学校刊》报道(11月5日)

1993年

出版:

1.《诗经》(汉英对照,湖南出版社)

2.《毛泽东诗词选》(英译本,中国对外翻译出版公司)

3.[法]司汤达《红与黑》(湖南文艺出版社)

发表:

1.[英]布朗宁《深夜幽会》《清晨离别》汉译文(《英语世界》)

2.《陈毅诗词英译》之六(《解放军外国语学院学报》第4期)

3.《比较翻译》(英文,英国《宏观语言学》)

4.《文学翻译是两种语言的竞赛》(上海《外国语》第3期)

报道:

1.《国际文化奥赛金牌》(《博览群书》)

2.《中国教育报》(1月31日)

3.《欧美同学会会刊》(5月)

4.《中国画报》(7 月)

5.《追忆流水年华》之一、之二(《清华校友通讯》)

6.《追忆流水年华》之一、之二(《中国时报》5 月 4 日)

1994 年

出版:

1.《中国古诗词六百首》(汉英对照,新世界出版社)

2.《中国古诗词三百首》(英译本,英国企鹅图书出版公司)

3.《诗经》(英译本,中国文学出版社)

4.《楚辞》(汉英对照,湖南人民出版社)

5.[英]德莱顿《埃及艳后》(汉译本,漓江出版社)

发表:

1.毛泽东《看山》英译文(《英语世界》)

2.《谈比较翻译学》(《外语与翻译》第 3 期)

3.《文学翻译何去何从?》(台北外国文学中译学术研讨会发言稿)

4.《谈谈文学翻译问题》(《外国语》第 4 期)

5.《外国文学中译国际会议述评》(菲律宾《联合日报》11 月 3 日)

6.《浑金璞玉集·引言》(中国对外翻译出版公司)

7.《雨果和他的奇书》(该文是许渊冲为潘丽珍译《巴黎圣母院》所写的序,浙江文艺出版社)

8.《再忆流水年华》之三《诗与友》(《中国时报》)

报道:

1.《不朽诗》(《文艺报》11 月 12 日)

2.《比原诗毫不逊色》(《大公报》12 月 18 日)

1995 年

出版:

1.《唐宋诗一百五十首》(汉英对照,北京大学出版社)

2.[法]巴尔扎克《人间喜剧·入世之初》(人民文学出版社)

发表:

1.毛泽东《枕上》《洪都》英译文(北京《英语世界》)

2.《汪译〈诗经〉序》(《外语与外语教学》第 1 期)

3.《谈陶诗英译》(《外语与外语教学》第 6 期)

4.《四代人译〈红与黑〉》(《读书》第 4 期)

5.《从〈红与黑〉谈起》(《文汇读书周报》,并收入南京大学出版社 1996 年出版的许钧编《文字·文学·文化——〈红与黑〉》汉译研究)

6.《应该加进去的东西》(《文汇读书周报》,并收入南京大学出版社 1996 年出版的许钧编《文字·文学·文化——〈红与黑汉译研究〉》)

7.《为什么重译〈约翰·克里斯朵夫〉》(《外国语》第 4 期)

8.《一弦一柱思华年》(收入《记钱锺书先生》,大连出版社)

9.《此情可待成追忆》(省立南昌二中校友联谊中心《校友通讯》)

10.《群星灿烂》(昆明天祥中学《校友通讯》)

评价:

牛津大学霍克思(David Hawkes)教授在 4 月 18 日的来信中说:I am

full of admiration to find that you have translated such a huge amount of Chinese literature.（钦佩尊译大量中国文学作品）

1996年

出版：

1.《中诗英韵探胜》（北京大学出版社，收入“北大名家名著文丛”）

2.《汉魏六朝诗一百五十首》（汉英对照，北京大学出版社）

3.《宋词三百首》（汉英对照，湖南出版社）

4.*Tang-Song Lyrics*（《词画六十二首》）（汉英对照，新加坡教育出版社）

5.《追忆逝水年华》（北京三联书店）

发表：

1.《译经》（《北京英语世界》）

2.《译论》序（湖南教育出版社）

3.《形似而后能神似吗？》（《外语与翻译》第1期）

4.《红与黑》汉译研究八篇（收入《文字·文学·文化》一书）

5.《从诗的定义看译诗——韵体译诗弊大于利吗？》（收入《文学与翻译》一书）

6.《谈重译——兼评许钧》（《外语与外语教学》第6期）

7.《译家之言》（《出版广角》）

8.《谈〈诗经〉英、法译》（收入《文学与翻译》一书）

9.《往事知多少》等四篇（省立南昌二中校友联谊中心《校友通讯》）

10.英译《古诗十九首》之一(《英语世界》转载)

11.《追忆似水年华》(《文汇读书周报》《西南联大北京校友简讯》第20期)

报道:

1.《东西方互补论》(英文,《北京周报》第3期)

2.《从历次政治运动中走过来的翻译家》(《炎黄春秋》第9期)

3.《莫道桑榆晚,红霞尚满天》(《中国翻译》第5期)

4.“我国翻译理论研究的第二次飞跃”(《实用翻译教程》中的评语)

发言:

1.国际文化交流会发言(8月14日在北京大学)

2.《英语世界》百期纪念发言(9月20日在国际大饭店)

1997年

出版:

1.《元明清诗一百五十首》(汉英对照,北京大学出版社)

2.《西厢记》(五本二十折,汉英对照,湖南人民出版社)

发表:

1.《礼与乐》英文(《英语世界》),

2.《再谈陶诗英译》(《外语与外语教学》第1期)

3.《谈翻译理论的研究——杨振宁给我的启发》(《解放军外国语学院学报》第6期)

4.《译学研究》序(吉林教育出版社)

5.《与杨振宁会面所想到的》(《教学与教材研究》第4期)

6.《旧雨重逢》(《英语世界》登杨振宁为许渊冲《追忆逝水年华》英文版所写的序,中文名为编辑所加)

7.《名师》(《传记文学》第1期转载)

8.《说什么与怎么说》(《浙江日报》选登《译家之言》)

报道:

1.《尽文字之曲,通中西之美》(《中国社会报》4月29日)

2.《诗译英法独领风骚》(《江西日报》5月23日)

3.《融生命之美于再创作艺术之中》(《出版广角》)

4."《楚辞》英译当算英美文学高峰"(墨尔本大学美国学者柯华利斯评价)

5.顾毓琇评价:"历代诗词曲译成英文实为有史以来第一。"

6.《诗译英法领风骚》(《中国大学教育·名师剪影》)

发言:

1.《忆西南联大,庆北大百年》(5月16日在北京大学)

2.在国际翻译学术研讨会上发言(11月1日在北京外国语学院)

1998年

出版:

1.《文学翻译谈》(台北书林出版有限公司)

2.《逝水年华》(英文本,中国文学出版社)

3.《艾那尼》(收入《雨果精选集》,山东文艺出版社)

4.《司汤达小说集·红与黑》(湖南文艺出版社)

发表:

1.《世纪清华》一书选《追忆流水年华》等三篇(光明日报出版社)

2.《作家》(中国友谊出版公司《书苑雅奏》,《云梦生涯》选载)

3.《忆名师》(北京师范大学出版社《人世文丛》,《草堂怀旧》选载)

4.《文学翻译新论》摘要(韩国翻译家协会报道)

5.《新旧世纪交谈录》(《译林》第3期)

6.《知之·好之·乐之·三之论——再谈发挥译文语言优势》(《外语与外语教学》第6期)

7.《谈翻译——文化竞赛论》(《外语与翻译》第2期)

8.《美化之艺术》(《中国翻译》第4期)

9.《〈追忆逝水年华〉题记》(《出版广角》)

10.《文理大师顾毓琇》(《中国大学教学》)

11.《融生命之美于再创作艺术之中——许渊冲〈追忆逝水年华〉读后》(原载于《出版广角》,后收入《传记文学研究》一书)

12.《师事》(收入《北大往事》)

13.《与杨振宁会面所想到的》(《西南联大北京校友会简讯》第23期)

14.《国际译会上三句话》(《外语与外语教学》第2期)

15.《大师风采》(收入鲁静、史睿《清华旧影》)

发言:

1.《中国翻译为世界之最》(中国对外翻译出版公司成立二十五周年贺词,3月5日)

2.《译学要敢为天下先》(南开大学3月底4月初讲两次)

3.《谈〈红与黑〉的事实与虚构》(清华大学,4月23日)

评论:

1.《谁道人生难再少》(《北大名教授采访记》)

2.《我所知道的翻译家许渊冲》(《难忘联大岁月》)

3.《许渊冲与文学翻译》(南开大学孙建成硕士论文)

4.《当代著名学者介绍(9)》(《中国文化报》8月18日)

5.《译林奇才许渊冲》(《今日中国》第9期中、英、法、德文版)

6.《许译〈毛泽东诗词选〉研究》(《贵州大学学报》第5期)

7.英国智慧女神出版社(Minerva Press)编辑认为:许译《西厢记》可与莎士比亚媲美。

8.《中国翻译词典》有二十余词条论及许译(湖北教育出版社)

1999年

出版:

1.《中国古诗词三百首》(汉法对照,北京大学出版社)

2.[法]雨果《雨果戏剧集》(河北教育出版社)

3.《逝水年华》(美国Vantage出版公司)

4.《毛泽东诗词创意画集》英文诗词(中央文献出版社)

发表:

1.《从傅雷到再创》(《译林书评》)

2.《美化之艺术》(收入许钧《翻译思考录》)

3.《怀念萧乾》(萧乾的夫人文洁若编《微笑着离去》第 186~189 页)

4.《译学要敢为天下先》(《中国翻译》第 2 期)

5.《我的老师》(《教学与教材研究》)

6.《忆》(选入《实用华文范例自修课本》)

7.《再创作与翻译风格》(《解放军外国语学院学报》第 3 期)

8.《中学时代的浮光掠影》(《窗友》)

9.《和莎士比亚媲美》(《中国图书商报·书评周刊》8 月 31 日)

10.《使读者知之、好之、乐之》(《文汇读书周报》10 月 23 日)

11.《路》(收入《水乡青草忆童年》)

12.《贺祥麟文集序》(收入《贺祥麟文集·外国文学卷》)

讲学:

1.《文学翻译讲稿》(中国译协翻译高级讲习班,7 月 21 日)

2.《中国古代诗词英译与赏析十二讲》(清华大学录像教室,10 月至 12 月)

评论:

1.《三美原则的可行性》(《外语教学》第 1 期)

2.《希望最好,准备最差》(《涉世之初》第 2 期)

3.《三美齐备谱华章》(《翻译名家研究》第 442~465 页)

4.《细刻精雕,丝缕毕现》(《中国翻译》第 6 期)

5.《许渊冲与诺贝尔文学奖》(《中国信息报》7 月 16 日)

6.《诗译英法第一人》(《中国教育报》8 月 19 日)

7.《融诗情哲理于往事》(《纽约时报》10 月 24 日)

8.《许渊冲眼中的钱锺书》(收入《不一样的记忆》,《中华读书报》12 月 20 转载)

9.法国文学研究会柳鸣九会长评《中国古诗词一百首》法文本是“双重经典”。

10.法国驻华大使 Morel(毛磊)评许渊冲译《中国古诗词三百首》“冲淡典雅”。

11.北京师范大学教授郑海凌在《文学翻译学》第 112 页评“优势竞赛论”:“突破了翻译以信为本的传统观念，标举译者的创新意识”，超越了“神似与化境的局限”,是“一大飞跃”。有“超前意识”,“对文学翻译的发展有导向意义”。

2000 年

出版:

1.[法]罗曼·罗兰《约翰·克里斯托夫》(湖南文艺出版社)

2.《新编千家诗》(汉英对照,中华书局)

3.[法]福楼拜《包法利夫人》(日汉对照,吉林大学出版社)

4.《古诗绝句百首》(汉英对照,吉林文史出版社)

5.《唐诗三百首》(汉英对照,高等教育出版社)

6.《西厢记》(汉英对照,湖南人民出版社,收入“大中华文库”)

发表:

1.《唐诗密码如何破译?》(《文汇读书周报》1 月 1 日)

2.《答疑·补遗·声明》(《文汇读书周报》1 月 29 日)

3.《新世纪的新译论》(《中国翻译》第3期)

4.《何谓一流?》(《北京晚报》6月13日)

5.《何谓世界一流大学?》(《群言》8月号)

6.《杨振宁与我》(《散文·海外版》第6期,《作家文摘》转载)

7.《香港十日行》(《译讯》第10期)

8.《译家之言》(《同步的足音》第361~369页)

发言:

1.《在卞之琳追思会上》(12月7日在中国社科院外文所发言,后收入《卞之琳纪念文集》)

2.《从翻译看中西文化比较》(南京大学,6月8日)

3.《谈文学翻译》(北京新闻学院,8月10日)

4.《溯文明之流而上——写在〈西南联大启示录〉开镜之初》(《云南日报·文化周刊》9月4日)

5.《政治·文化·译诗》(北京大学国际关系学院,9月23日)

6.《诗词全球化与文化交流》(香港中文大学,10月13日)

7.《大陆翻译界三次论战》(香港翻译学会,10月15日)

8.*Globalization of Chinese Poertry*(《中国诗词全球化》)(香港电台,10月16日)

9.《翻译之乐乐何如?》(香港新法书院,10月17日)

评论:

1.《许渊冲眼中的钱锺书》(《不一样的记忆》第235~239页)

2.诺贝尔文学奖评委Gunnel Vallqvist(古奈尔·瓦尔奎斯特)说:《中国

古诗词三百首》法文本是伟大的中国传统文化的样本（《人民日报·海外版》7 月 10 日）

3.《欲与傅雷试比高》(《春城晚报》6 月 16 日,《人民日报·海外版》7 月 10 日转载,《作家文摘》7 月 25 日摘载)

4.《许渊冲——唐诗宋词翻译大家》(香港《公正报》10 月 16日)

5.*Translator with Global Mission*（《负有全球化使命的翻译家》)(《香港邮报》10 月 20 日)

6.《许渊冲翻译大家:豪气加霸气》(香港《文汇报》10 月 22 日)

7.*Students get expert tips on translation*(《翻译大师给学生的小费》)(《南华早报》11 月 10 日)

8.《许渊冲教授》(《译讯》第 9、10 期)

2001 年

出版:

1.《国句名篇——许渊冲汉诗词英译精选》(开明文教音响出版社)

2.《顾毓琇诗词选》(英译本,高等教育出版社)

发表:

1.《再谈〈竞赛论〉和〈优势论〉》(《中国翻译》第 1 期)

2.《科学与艺术》(《散文·海外版》第 1 期)

3.《孔子的智慧》(《中国教育报》1 月 18 日)

4.《在卞之琳先生追思会上》(《译林书评》1 月 15 日,《北京晚报》转载)

5.《故地重游 以文会友》(《群言》第2期)

6.《唐诗的辉煌与中英互译理论的提出》(《中国教育报》3月15日，《中国大学教学》第2期转载)

7.《文学翻译克隆论》(《文苑》第8期摘载,《外语与翻译》第2期全载,8月1日在中国译协讲习班讲)

8.《追忆流水年华》(收入《清华九十年美文选》,第68~72页)

9.《往事如烟忆图书馆》(收入《不尽书缘——忆清华大学图书馆》,第116~122页)

10.《从中国古代诗词翻译谈中西文化精神比较》(收入《世纪的声音：在清华听讲座》,第77~94页)

11.《文学翻译:等值还是再创?》(《中国教育报》8月30日)

12.《关于翻译学的论战》(《外语与外语教学》第11期)

13.《大师风采:叶公超、钱锺书旧事》(《中华英才》第23期)

发言:

1.《中国学派文学翻译理论》(5月14日在四川外国语学院,5月24日在武汉大学外国语学院,8月13日在大连外国语学院)

2.《从诗词翻译看中西文化比较》(5月15日在四川外国语学院,5月23日在华中师范大学外国语学院,7月1日在燕山大学外国语学院)

3.《关于〈红与黑〉汉译的论战》(5月16日在四川外国语学院法语系)

4.《科技翻译与文学翻译》(5月25日在华中科技大学外语系,7月2日在燕山大学)

5.《中国文化全球化与英语教学》(8月9日在大连外国语学院)

报道：

1.《诗译英法第一人》（《大江周刊》第 4 期）

2.《诗译英法唯一人》（《中国教育报》9 月 27 日）

3.《许渊冲：不做唯一做第一》（《中华英才》）

4.《许渊冲，诗歌翻译史上一颗璀璨的星》（《大学英语》第7 期）

5.中国国际文化交流中心、欧美同学会、北京大学国际关系学院等 10 月 15 日、16 日在北京大学举办许渊冲学术思想与成就研讨会，出版《文化丝路织思》。

6.美国驻成都领事馆 3 月 14 日 Dr.Ted Johnson-Xiang Lin（向琳）演讲，谈到“Ezra Pound, Robert Frost, Xu Yuan Ghong, Strange Bedfellows? May be not!”（“意象派诗人庞德、桂冠诗人弗洛斯特和许渊冲是否同床异梦？也许不是！”）

7.许渊冲译《唐诗三百首》首发式 4 月 6 日在北京友谊宫举行，北京电视台当晚播出；中央电视台一台、二台、四台 12 日、13 日《东方之子》播出。

2002 年

出版：

［法］雨果《雨果文集》第十卷（人民文学出版社）

发表：

1.《唐宋词三百首》译序（《外语论坛》第 2 期）

2.《文学翻译与科学翻译》（《上海科技翻译》第 4 期）

3.《闻一多讲唐诗》(《中国大学教学》第 4 期)

4.《西南联大的师生》(《西南联大北京校友会简讯》)

5.*Supplementary English Reader* 选许译唐诗七首(台湾东吴大学《课外英语读物》)

发言:

1.《人文和科技的融合》(东南大学 5 月 17 日、19 日讲演)

2.《科学翻译与文学翻译》(中国对外翻译出版公司,5 月 22 日讲)

3.《中国译论落后于西方吗?》(上海理工大学,7 月 12 日讲)

4.《中西文化比较》(海南大学,12 月 4 日、5 日讲演)

5.《翻译和文化比较》(肇庆学院,12 月 18 日讲演)

6.《杨振宁和我的对话》(华南理工大学,12 月 19 日讲演)

7.《形似与神似》(中山大学,12 月 20 日讲演)

8.参加北京大学举行的纪念雨果诞辰二百周年大会并发言(1 月 6 日)

访谈:

中央教育电视台《大学书苑》访谈(12 月 30 日)

2003 年

出版:

1.《诗书人生》(百花文艺出版社)

2.《文学与翻译》(北京大学出版社)

3.《老子道德经》(汉英对照,高等教育出版社)

4.《唐宋词三百首》(汉英对照,河北人民出版社)

5.《小学生必背古诗词》(汉英对照,河北人民出版社)

6.《初中生必背古诗词》(汉英对照,河北人民出版社)

7.《高中生必背古诗词》(汉英对照,河北人民出版社)

8.《汉英双讲中国古诗 100 首》中的英译诗(大连出版社)

发表:

1.《中国翻译学落后于西方吗?》(《外语与外语教学》第 1 期)

2.《诗词英译与中西文化交流》(《外语与翻译》第 3期)

3.《文学翻译的心路历程》(《中国翻译》第 4 期)

4.《“信达切”还是“信达优”?》(《诗网络》第 6 期)

5.《翻译与全球化》(收入《探索与创新》)

6.《我所知道的柳无忌教授》(《西南联大北京校友会简讯》)

7.《我的书房》(《开卷》总 37 期)

8.《程抱一与我》(《文汇读书周报》8 月 15 日)

9.《在卞之琳先生追思会上》(《卞之琳纪念文集》)

10.《我与梅校长一家》(《西南联大北京校友会简讯》)

11.《科学与艺术》(收入《新世纪散文精品》)

12.《一代人的爱情》(《作家文摘》7 月)

13.从《诗书人生》一书中选六篇(《辽宁晚报》7、8 月)

14.《有幸识名师》(《文汇报》8 月)

15.《往事如烟忆图书馆》(《清华校友通讯》选载)

发言:

1.《梁译与许译》(9 月 6 日在梁宗岱百年诞辰纪念会上发言)

2.《科学翻译与艺术翻译》(同济大学,10 月 14 日讲演)

3.《文学翻译的真与美》(华东师范大学,10 月 15 日讲演)

4.《四个二十年》(上海外国语大学研究生院,10 月 17 日讲演)

5.《科学翻译与文学翻译》(华东交通大学,10 月 19 日讲演)

6.《文学与翻译》(江西师范大学外国语学院,10 月 21 日讲演)

7.《翻译与文化交流》(江西财经大学外国语学院,10 月 22 日讲演)

评论:

1.符家钦《译林百家》收与作者相关的评论八篇(世界华人出版社)

2.周仪《翻译与批评》中有相关评论(湖北教育出版社)

3. 刘季春《扬起创造的风帆——许渊冲学术思想研究》(《山东外语教学》第 1 期)

4.张智中《许渊冲先生访谈录》(《外语论坛》第 2 期)

5.韩石山《许渊冲的自负》(《文汇报》8 月 8 日)

报道:

1.中央电视台《大家》播放《诗译英法唯一人》(8 月 17 日)

2.《一天一句,终生显著》(《文汇报》10 月)

3.江西电视台播放《翻译大师许渊冲》(10 月)

4.北京大学校史馆展览许渊冲著译六十部(11 月)

2004 年

出版:

1.《中国古诗精品三百首》(汉英对照,北京大学出版社)

2.《唐诗三百首》(汉英对照,高等教育出版社)

3.《宋词三百首》(汉英对照,高等教育出版社)

4.《元曲三百首》(汉英对照,高等教育出版社)

5.《罗曼·罗兰精选集》(北京燕山出版社)

6.《唐宋名家千古绝句一百首》(汉英对照,吉林文史出版社)

7.《古意新声》中的英译诗约百首(汉英对照,湖北教育出版社)

发表:

1.《20世纪中国翻译思想史》序(南开大学出版社)

2.《"信达切"还是"信达优"?》(《诗》双月刊第12期)

3.《两张照片》(《西南联大北京校友会简讯》)

4.《江西省立南昌第二中学校友文选》序

报道:

1.《大师观点》(《新航道》10月)

2.天津电视台拍摄录制《诗书人生》(4月)

评论:

1.许光锐《美化与艺术》评许译罗曼·罗兰(《外语论坛》第2期)

2.《高健翻译研究》第290页评许译诗词(中国社会科学出版社)

3.南开大学马红军博士论文《许渊冲文学翻译研究》(9月)

2005年

出版:

1.《山阴道上——许渊冲散文随笔选集》(中央编译出版社)

2.《译笔生花》(文心出版社)

3.[法]罗曼·罗兰《约翰·克里斯托夫》(北京燕山出版社)

4.《论语》(汉英对照,高等教育出版社)

5.《诗经选》(汉英对照,河北人民出版社)

6.《李白诗选》(汉英对照,河北人民出版社)

7.《精选宋词与宋画》(汉英对照,五洲传播出版社)

发表:

1.《是自负还是自信?》(《山西文学》1月)

2.《两张照片》(《山西文学》2月)

3.《我译〈约翰·克里斯托夫〉》(收入《一本书和一个世界》)

4.《反驳江枫》(香港《诗》双月刊2月)

5.《"体神表"平衡模式是科学方法吗?》(《中国翻译》第2期)

6.《科学与艺术》(收入《世界华人学者散文大系》第5辑)

7.《中国是不是翻译强国?》(《上海翻译》第2期)

8.《一粒沙中见世界》(《文学翻译报》6月)

9.《我的书房》(《开卷》7月)

10.《译论力戒主观片面》(《外语与翻译》9月)

11.《吴达元先生与我》(《吴达元先生纪念文集》,《西南联大北京校友会简讯》11月)

12.《中国学派的古典诗词翻译理论》(《外语与外语教学》第11期)

讲学:

1.美国斯坦福大学古诗讲座选用30首许译诗词(4月)

2.大连理工大学讲《中国学派的文学翻译理论》(5 月)

3.在清华大学举办的首届海峡两岸翻译与跨文化交流研讨会上书面发言(7 月)

4.清华大学外语系讲《翻译人生》(11 月)

5.中国人民大学讲《我与传媒》(11 月)

6.云南师范大学讲《联大与我》(12 月)

评论:

1.张经浩《名家 名论 名译》(复旦大学出版社,4 月)

2.佘协斌《中国当代最具影响的八大译家与译论》(长沙《外语与翻译》5 月)

3.《久违了,中国人的自信》(《太原日报》5 月)

4.黄中习编《中华对联研究与英译初探》(时代文艺出版社)

5.《典籍英译研究,中国可算世界一流》(《中国外语》第 5 期)

6.《韩石山文学书简》(《山西文学》6 月)

7.《唐诗意境重构与“优势竞赛论”》(《外语与外语教学》第 12 期)

8.广东外语外贸大学翁帆硕士论文评创译论(7 月)

9.《许渊冲译文胜傅雷》(《新京报》8 月 3 日,又见文洁若信)

10.吴岳添《许渊冲:诗译英法唯一人》(《人物》9 月)

报道:

1.天津电视台送来《诗书人生》光盘(1 月)

2.中央电视台播放许渊冲讲《约翰·克里斯托夫》(1 月)

3.美国记者采访(3 月)

4.香港电视台采访(4 月)

5.山东电视台《数风流人物》采访(4 月)、播放(6 月)

6.大连电台采访(5 月)

7.云南电视台采访(7 月)

8.海淀电视台采访杨振宁、许渊冲等(7 月)

2006 年

出版:

1.《唐诗三百首》(汉英对照,收入“大中华文库”,中华书局)

2.《宋词三百首》(上下册)(汉英对照,收入“大中华文库”,中华书局)

3.《元曲三百首》(汉英对照,收入“大中华文库”,中华书局)

4.《新编千家诗》(汉英对照,收入“大中华文库”,中华书局)

5.《最爱唐宋词》(汉英对照,中国对外翻译出版公司)

6.《杜甫诗选》(汉英对照,河北人民出版社)

7.《白居易诗选》(汉英对照,河北人民出版社)

8.《李煜词选》(汉英对照,河北人民出版社)

9.《苏轼诗词选》(汉英对照,河北人民出版社)

10.《李清照词选》(汉英对照,河北人民出版社)

11.《道德经与诗意画》(汉英对照,五洲传播出版社)

12.《精选诗经与诗意画》(汉英对照,五洲传播出版社)

13.《毛泽东诗词与诗意画》(汉英对照,五洲传播出版社)

14.《翻译的艺术》(增订本)(五洲传播出版社)

发表

1.《典籍英译,中国可算世界一流》(《中国外语》)

2.《自成一派的文学翻译理论》(中国社会科学院刊)

3.《冯友兰先生的几次讲演》(联大校友会刊)

4.《许渊冲的小说翻译》(南昌《外语论坛》第1期)

讲学:

1.美国麻省大学教授邀谈赠书

2.辽宁大学邀讲文学翻译理论

评论:

1.张智中《许渊冲与翻译艺术》(湖北教育出版社)

2.徐守勤等《浪漫中华古诗英译赏析》(安徽科学技术出版社)

3.彭国焘《书销中外六十本 诗译英法唯一人》(昆明联大校友会刊)

4.《受之无愧,当仁不让》(湖南《外语与翻译》)

5.陈寒《杨振宁许渊冲谈翻译》(《山西文学》)

2007年(住院半月)

出版:

1.《唐诗三百首》英文本(分类选本,中国对外翻译出版公司)

2.《唐诗三百首鉴赏》(分类选本,中国对外翻译出版公司,内选许英译《唐诗三百首》)

3.《宋词三百首》英文本(分类选本,中国对外翻译出版公司)

4.《宋词三百首鉴赏》(分类选本,中国对外翻译出版公司,内选许英

译《宋词三百首》）

5.[法]罗曼·曼兰《约翰·克里斯托夫》（上下册）（节译本，中国书店）

6.[法]罗曼·曼兰《约翰·克里斯托夫》（节译本，光明日报出版社）

7.[法]罗曼·曼兰《约翰·克利斯托夫》（上下册）（插图本，国际文化出版公司）

8.[法]罗曼·曼兰《约翰·克里斯托夫》（上下册）（插图本，北京燕山出版社）

9.[法]福楼拜《包法利夫人》（译林出版社）

10.[法]普鲁斯特《追忆似水年华》（上下册）（合译，译林出版社）

11.《逝水年华》（北京三联书店）

12.《李白诗选》一百二十首（汉英对照，收入“大中华文库”，湖南人民出版社，5 月）

13.《苏轼诗词选》一百五十首（汉英对照，收入“大中华文库”，湖南人民出版社，5 月）

发表：

1.《〈山阴道上〉后记》（昆明联大校友会刊转载）

2.《近况与往事》（《南昌一中校友通讯》）

3.《千家诗》英译本序（《解放军外国语学院学报》第 4 期）

4.《联大与哈佛》（《西南联大北京校友会简讯》）

讲学：

1.中国翻译协会高层论坛发言（4 月 7 日）

2.北京图书馆讲中国学派翻译理论（5 月 7 日）

3.北京外国语大学讲《诗词英译》(5 月 10 日)

评论:

1.北京《名流》发表访谈录(2 月 1 日)

2.加拿大多伦多大学教授在电台介绍许译诗词(6 月 27 日)

3.广东外语外贸大学刘季春《实用翻译教程》专章评论(9 月 21 日)

4.王平《文学翻译语言艺术研究》(杭州出版社)

2008 年(卧床三月)

出版:

1.《续忆逝水年华》(湖北人民出版社,1 月)

2.《精选诗经与诗意画》(法汉对照,五洲传播出版社,1 月)

3.《精选唐诗与唐画》(法汉对照,五洲传播出版社,1 月)

4.《精选宋词与宋画》(法汉对照,五洲传播出版社,1 月)

5.[法]司汤达《红与黑》(重庆出版社,5 月)

6.《联大人九歌》(云南人民出版社,12 月)

发表:

1.世界翻译大奖候选论文(1 月)

2.《戴着音韵和节奏的镣铐跳舞》(《书脉》2 月)

3.《杨振宁与我》(《作家文摘》3 月)

4.《我的书房》(《凤凰台上》8 月)

5.《中国学派的文学翻译理论》(入选辽宁大学《中国文化与翻译》第 1 辑)

6.《续忆逝水年华》序言(《西南联大北京校友会简讯》转载)

7.《我所知道的柳无忌教授》(入选《我心中的西南联大》)

8.《追忆逝水年华》(一)(入选《我心中的西南联大》)

9.《追忆逝水年华》(二)(入选《我心中的西南联大》)

10.《非学术访谈·实说冯友兰》(北京大学出版社,10月)

评论:

1.许光锐《美化之翻译》认为许译胜傅译(《西南联大北京校友会简讯》4月;《约翰·克里斯托夫》附录该文,中央编译出版社,2015)

2.朱明海博士论文《许渊冲翻译研究》(上海外国语学院,6月)

3.龙梅《中华韵译第一人许渊冲)(《文化交流》,6月)

4.约翰逊博士对许译评论(《庞德研究论文集》)

5.杨振宁:"非常喜欢《李白诗选》""许译在国外有极大影响"。

6.叶嘉莹:"译词音韵皆美,情味悠长。"(11月13日)

7.吴文俊:"全面介绍中国悠久文化。"

8.吴冠中:"译诗之难,无异艺术创造,发扬祖国文化,功德千古。"

9.王希季:"独创一格,虽是译文,更似著作。"

10.汤一介:"是让其他民族了解中华文化之一大事业。"

11.乐黛云:"译文精确,用词优美,特别注重诗歌韵律,虽为译作,而不失原诗韵味。在陶冶美化人性、沟通人类心灵方面起了无可取代的作用而为中外读者所珍爱。"

12.袁行霈:"在国内外产生了广泛的影响。"

报道:

1.《人民日报·海外版》(1月3日)

2.《北京大学校报》采访(1月14日)

3.北京阳光电视台采访(6月27日)、播放(7月19日)

4.美国匹兹堡大学希尔曼图书馆出版的书中推荐许译(张海慧8月17日信)

2009年

出版:

1.《诗经》(汉英对照,中国对外翻译出版公司)

2.《楚辞》(汉英对照,中国对外翻译出版公司)

3.《汉魏六朝诗》(汉英对照,中国对外翻译出版公司)

4.《千家诗》(汉英对照,中国对外翻译出版公司)

5.《元明清诗》(汉英对照,中国对外翻译出版公司)

6.《元曲三百首》(汉英对照,中国对外翻译出版公司)

7.《西厢记》(英汉对照,湖南人民出版社)

8.《牡丹亭》(英汉对照,与许明合译,中国对外翻译出版公司)

9.《长生殿》(英汉对照,与许明合译,中国对外翻译出版公司)

10.《桃花扇》(英汉对照,与许明合译,中国对外翻译出版公司)

11.[法]罗曼·罗兰《约翰·克里斯托夫》(汉译,节译本,西安三秦出版社)

发表:

1.《论语译话》八篇(《中华读书报》7月至12月)

2.《中国学派的文学翻译理论》（收入《第18届世界翻译大会论文集》）

3.《读余光中谈译诗》（《明报》3月12日）

4.《唐人白话绝句百首英译》序

报道（含评论）：

1.《中国古典诗歌英文及其他西方语种译作及索引》（国家图书馆出版社）

2.王辛《永远的旅人》（原载香港杂志，后收入湖北人民出版社出版《续忆逝水年华》）

3.读者吕慧认为许译"海内无二"（8月22日来信）

2010年

出版：

1.*Poèmes Chinois du Livre Shi Jing*（《诗经选》，盒装书，法国音乐文化图书公司）

2.*Poèmes Chinois de la Dynastie des Tang*（《唐诗选》，盒装书，法国音乐文化图书公司）

3.*Poèmes Chinois de la Dyanstie des Song*（《宋词选》，盒装书，法国音乐文化图书公司）

4.[法]罗曼·曼兰《约翰·克利斯朵夫》（中国对外翻译出版公司）

发表：

1.《论语译话》三篇（《中华读书报》2月、4月、9月）

2.“文化走出去”座谈会发言稿(上海《海风》3月号)

3.《中西翻译理论比较》(长沙《外语与翻译》第2期)

4.《绿野仙踪——忆锺书师》(收入《钱锺书先生百年诞辰纪念文集》,三联书店,牛津大学出版社)

报道:

1.《诗译英法唯一人》(《光明日报》,1月29日整版刊发)

2.《战火青春》(阳光卫视5月采访)

3.珠海几个学院讲学五天(6月)

4. 中国社会科学院纪念钱锺书先生诞辰一百周年学术研讨会发言(11月)

5.中国译协颁发中国“翻译文化终身成就奖”(12月)

6.《人民日报》报道颁奖大会(12月)

7.《光明日报》《文艺报》《文摘报》等报道颁奖大会(12月)

评论:

1.吴学昭《吴宓和他的西南联大弟子们》(7月26日)

2.陈寒博士论文《〈红楼梦〉诗性美翻译研究》(12月)

2011年

出版:

1.《逝水年华》(外语教学与研究出版社,3月)

2.[法]罗曼·曼兰《约翰·克里斯托夫》(北京燕山出版社,4月)

3.[法]福楼拜《包法利夫人》(汉英对照,译林出版社,10月)

发表：

1.《中国文化的花与果》(《光明日报》3 月)

2.清华校友文选《春风化雨》序(清华大学出版社 4 月)

3.《〈论语〉译话：从心所欲，不逾矩》《不患人之不己知，虑不知人也》(《中华读书报》9 月)

4.《清华校长梅贻琦》序(九州出版社，4 月)

5.《〈论语〉译话》《智者乐水》两篇(香港《苹果日报》10 月)

报道：

1.杨一兵《许渊冲在昆明》(《春城晚报》3 月)

2.张燕玲《第一个法文老师》(《北外人》10 月)

3.《中国翻译文学史》评论

4.《李清照词英译对比研究》(11 月)

讲学：

1.清华大学百年校庆、外文系八十五年系庆讲《清华三大传统》

2.广东外语外贸大学讲《中国学派译论》(11 月)

3.中山大学翻译学院讲《论语》英译(11 月)

2012 年

出版：

1.[法]巴尔扎克《高老头》(北京燕山出版社，7 月)

2.《往事新编》(海天出版社，9 月)

3.[法]司汤达《红与黑》(附英文原版，译林出版社，9 月)

4.《中国诗文:一千句英文这样说》(汉英对照,吉林出版集团有限责任公司,3 月)

5.《许译中国经典诗文集》(十四本,汉英对照,五洲传播出版社,12 月)

6.《画说唐诗》(英汉对照,中国对外翻译出版公司,12 月)

发表:

1.《再谈中国学派的文学翻译理论》(《中国翻译》第 4 期)

2.《杜诗英译答辩》(《中国翻译》第 2 期)

3.《关于〈红与黑〉的论战》(《华东师范大学学报》第 2 期)

4.《老子译话》六篇(《中华读书报》3 月至 6 月)

评论:

1.曹迎春评《牡丹亭》英译诗(《外语界》11 月)

2.许光锐评《牡丹亭》等(《外语界》5 月、7 月)

发言:

1.东北大学北戴河分校讲翻译(6 月)

2.清华大学图书馆百年庆发言(11 月)

3.在钓鱼台国宾馆杨振宁九十岁生日宴会上发言(6 月)

4.在钓鱼台国宾馆讲《中国京剧如何走向世界》(10 月)

5.在北京外国语大学讲《中国文化走向世界》(12 月)

2013 年

出版:

1.《丰子恺诗画》(英汉对照,海豚出版社,1 月)

2.[法]雨果《艾那尼》(译林出版社,2 月)

3.[法]雨果《玛丽·都铎》(译林出版社,2 月)

4.《许渊冲经典英译古代诗歌一千首》(十卷,海豚出版社,3 月)

5.《许渊冲文集》(二十七卷,海豚出版社 9 月)

发表:

1.《怀念车驹校长》序(中国金邦教育出版社)

2.《引领中国文化走向世界的四个中国人》(《百家湖》第 1 期)

3.《让中国文化走向世界的四个人》(《中外文摘》第 8 期)

4.《中国文化走向世界》(收入《中国古代文化经典在海外的传播及影响研究会议论文》一书)

报道:

1.在中国莎士比亚研究会举办的会议上发言(4 月 20 日)

2.北京大学电视台《美丽人生》采访(4 月 21 日)

3.《比杨振宁身体好一点》(《新京报》6 月 28 日)

4.《译界狂才》(《作家文摘》7 月 16 日)

5.《左右开弓仅一人》(深圳《文化商报》8 月 26 日)

6.《从心所欲不逾矩》(《北大人》11 月)

2014 年

出版:

1.《许渊冲英译:王维诗选》(中国对外翻译出版公司,7 月)

2.《许渊冲英译:李白诗选》(中国对外翻译出版公司,7 月)

3.《许渊冲英译：杜甫诗选》(中国对外翻译出版公司，7月)

4.《许渊冲英译：白居易诗选》(中国对外翻译出版公司，7月)

5.《任尔东南西北风：许渊冲中外经典译著前言后语集锦》(清华大学出版社，8月)

6.《唐诗选》(法译本，收入"大中华文库"，五洲传播出版社，9月)

7.《高老头》(北京燕山出版社，2月)

发表：

1.《毕业七十年了》(《清华校友通讯》1月)

2.《英译诗词如何走向世界》(《英语世界》8月)

3.《我译唐宋诗词》(《党建》10月)

4.《文学翻译与文化梦》(《中国外语》第5期)

发言：

1.在《钱锺书手稿集》出版座谈会上发言(商务印书馆，5月)

2. 在中国莎士比亚研究会举办的会议上发言，谈莎士比亚中译问题(北京大学，5月20日)

3.讲《汉学与翻译》(文化部，7月5日)

4.讲《联大与哈佛》(云南师范大学，11月27日)

评价：

1.四博士论文评许渊冲(《中国翻译》第2期)

2.《译界狂才》(《西南联大北京校友会简讯》4月8日)

3.张西平《许渊冲——中国古代文化翻译探索者》(《中华读书报》6月26日)

4.国际译联8月2日在柏林授许渊冲“杰出文学翻译奖”，中国网、《光明日报》《北京日报》《人民日报》《解放周末》《生活周刊》《北京晚报》《中国新闻出版报》《环球人物》《人物周刊》《中国翻译》《中国青年报》《西南联大北京校友会简讯》《北外人》《名人传记》《英语世界》《大众日报》等均有评介

5.北京大学10月授予“国际汉学翻译大雅奖”

6.熊光楷3月20日告知：世界各国孔子学院都有许译《论语》《老子》《诗经》《楚辞》、唐诗、宋词、元曲、《西厢记》等，向全世界宣扬文化。

2015年

出版：

1.［法］罗曼·罗兰《约翰·克里斯托夫》（附与傅雷翻译比较，中央编译出版社，1月）

2.［法］巴尔扎克《高老头》（中国友谊出版公司，3月；中央编译出版社，4月）

3.《画说宋词》（汉英对照，中国对外翻译出版公司，4月）

4.《西风落叶》（外语教学与研究出版社，6月）

5.［英］莎士比亚《奥瑟罗》（汉英对照，外语教学与研究出版社，7月）

6.《许渊冲英译毛泽东诗词》（中国对外翻译出版公司，8月）

发表：

1.《英译诗词如何走向世界》（北京《英语世界》8月）

2.《联大与哈佛》（云南师范大学《西南联大讲坛》5月）

评论：

1.中国魅力榜颁奖(1月16日)

2.《北京大学学报》刊登“大雅奖”事

3.《中国翻译走向世界》(《光明日报》7月3日)

4.河南大学王宝童:“《王维》许译序胜苏东坡评。”

5.徐馨《从心所欲不逾矩》(《人民日报》2月18日)

6.《追求真善美的学者》(见《霞为乐章》第4辑)

7.湘潭大学外文系蒋鹰吴硕士论文评《红与黑》五译本(9月1日)

8.南京大学祝一舒博士论文(9月10日)

9.大连外国语大学《语言教育》第4期第89页《评李白〈送友人〉英译》

报道:

1.《上海晨报》记者王娜采访(4月27日)

2.重庆电视台采访许渊冲,谈与美国飞虎队的往事(5月4日)

3.北大团委采访(8月5日)

4.华东师范大学博导王改娣采访(8月10日)

5.中央电视台9套采访(9月18日)

6.中央电视台4套“中华之光——传播中华文化年度人物”节目组采访(11月25日)

7.重庆吴宓研究所采访(10月21日)

2016年

出版:

1.许译“莎士比亚剧选”(海豚出版社,2016年4月)

《哈梦莱》(*Hamlet*)

《马克白》(*Macbeth*)

《奥瑟罗》(*Othewllo*)

《李尔王》(*King Lear*)

《罗密欧与朱丽叶》(*Romeo and Juliet*)

《安东尼与克柳葩》(*Antony and Cledopatra*)

2.《〈论语〉译话》(北京大学出版社,11 月)

3.《〈老子〉译话》(北京大学出版社,11 月)

发表:

1.《中国人、外国人,谁能翻译好诗经李白》(《中华读书报》,3 月 9 日)

2.《不是院士胜院士,遗欧赠美千首诗——记许渊冲先生》(《文史天地》,4 月 23 日)

3.《文学翻译与中国文化梦》(《文汇报》,5 月 28 日),《许渊冲:译道独行侠》(《文汇报》,6 月 2 日)

4.《中国特色哲学社会科学在文学翻译论中的体现》(《中国翻译》第 5 期)

2017 年

出版:

1.[法]福楼拜《包法利夫人》(当代世界出版社,1 月)

2.《梦与真》(河南文艺出版社,4 月)

3.《画说长恨歌》(汉英对照,中译出版社,6 月)

4.[英]莎士比亚《莎士比亚新译四种》(海天出版社,6月)

5.[法]司汤达《红与黑》(四川文艺出版社,7月)

6.[法]巴尔扎克《高老头 欧也妮·葛朗台》(北京日报出版社,7月)

7.[法]巴尔扎克《高老头》(四川文艺出版社,9月)

8.《画说宋词》(汉英对照,中译出版社,11月)

9.《画说唐诗》(汉英对照,中译出版社,11月)

发表:

1.《美之创造,贵在新颖——〈莎士比亚选集〉前言》(《山西大同大学学报:社会科学版》第2期)

2.《中国经典外译只能靠汉学家吗?》(《国际汉学》第3期)

3.《西南联大名师风采》(《档案春秋》8月)

4.《我的同学杨振宁》(《各界》第21期)

5.《钱钟书先生与我的信札掠影》(《档案春秋》12月)

2018年

出版:

1.《绮年琐忆》(海天出版社,1月)

2.《西厢记》(汉英对照,五洲传播出版社,1月)

3.《汉魏六朝诗选》(汉英对照,五洲传播出版社,1月)

4.《老子道德经与神仙画》(汉英对照,五洲传播出版社,1月)

5.《宋词三百首》,(汉英对照,五洲传播出版社,1月)

6.《牡丹亭》(汉英对照,五洲传播出版社,1月)